있는 그대로 나를 바라보기

있는 그대로
나를 바라보기

나를 잃어버린 사람들에게
행복을 찾아주는 따뜻한 이야기

Looking at me as I am

이동연 지음

시간과공간사

들어가는 글

　누구인들 삶을 아름답게 살고 싶지 않겠는가? 누구인들 황금보다 귀한 생을 쓸데없는 일에 낭비하고 싶겠는가? 그러나 사람은 대부분 똑같이 주어진 하루 24시간을 때로는 싸우느라, 때로는 아무 도움도 안 되는 생각에 사로잡혀 그냥 흘려보낼 때가 많다.

　정작 해야 할 일은 손도 못 댄 채 안 해도 될 일, 해서는 안 될 일들에 매달려 세월을 흘려보낸다. 그러면 어떻게 해야 삶의 에너지를 생산적으로 사용할 수 있을까? 먼저 자신의 에너지를 어떻게 사용하고 있는지 점검해야 한다. 불행은 자신의 에너지를 잘못 사용하는 데서 시작되니 말이다. 행복은 자신의 재능과 자원을 바르게 사용하면 저절로 찾아온다. 그러려면 자기 정신세계를 스스로 다스릴 줄 알아야 한다.

우리는 자기 자신을 너무 모른다. 더 정확히 표현하면 자기 자신을 어떻게 다뤄야 할지 모른다. 그러면서 다른 사람은 자기 생각대로 하려고 안간힘을 쓴다. 자신이 다른 사람과 다른 일들의 주인이 되기 전에 먼저 자기감정과 의지, 이성을 다스릴 능력을 갖춰야 한다.

인류가 쌓아놓은 거대하고 화려한 문명의 바벨탑도 마음속에 평화가 있을 때 제대로 즐길 수 있다. 내가 나의 주인이 되지 못하면 시시각각 다가오는 신기한 그 어느 것도 즐기기는커녕 다 귀찮아진다.

억만금을 가진 사람도 자기 자신을 다스리지 못하면 정신적 빈곤자이다. 그에게는 미래가 없다. 시들 날이 얼마 남지 않은 활짝 핀 꽃일 뿐이다. 그러나 가진 것이 없어도 자기를 잘 관리할 줄 아는 사람은 행복하고 미래가 있는 사람이다. 이 사람은 이슬을 머금은 새벽녘의 꽃봉오리처럼 머지않아 자기 인생을 활짝 펼 수 있다.

큰 성공, 황홀한 경험도 시간이 지나면 다 흘러간 옛이야기가 된다. 그러나 자기 마음속 깊은 곳에 흐르는 평화로움을 발견한 사람은 영원한 안식, 영원한 즐거움, 변하지 않는 만족을 누리며 산다. 이 평화로움은 원래 우리 안에 있었으므로 누구나 생각의 복잡함을 덜어내면 언제 어디서나 누릴 수 있다. 이 책을 읽고 당신도 내면에 흐르는 행복의 샘물을 발견하기를 바란다.

필자 역시 오랫동안 행복의 오아시스를 철학에서, 신학에서, 종교에서, 학문에서, 명예에서 찾아 헤맸다. 그럴수록 모래사막의 열풍처럼 쉼 없이 밀려오는 인생의 갈증에 그만 무릎을 꿇고 정신적 파산 직전까지 탈진해 오랜 시간을 방황했다.

그 긴 방황 끝에 내 속에 이미 묻혀 있던 아주 오래된, 저 우주의 시원始原과 맞닿은 청량한 행복의 오아시스를 발견하고는 말로 표현할 수 없는 평안과 행복을 맛보았으며, 지금도 매일 매 순간 그 오아시스의 물을 마시며 살고 있다. 이 행복의 오아시스는 결코 마르거나 변질되지 않는다. 누구라도 한 번만 그 행복의 샘물을 맛보면 영원히 어디서, 누구와 무엇을 하든 변하지 않는 즐거움을 누릴 수 있다.

또한 스스로 자기 안에서 인생의 긍지를 찾고, 자기 안에서 행복의 원리를 발견하며, 자기 안의 무한한 가능성을 발견할 수 있다.

이 행복의 샘물은 결코 누가 가져다주는 것이 아니다. 자기 스스로 자기 두레박을 가지고 아무도 열어보지 못하고 누구도 열 수 없는 자신만의 샘물을 열어 자기 손으로 길어서 마시면 된다.

이 책은 긴 고뇌의 터널을 지나며 필자가 직접 경험한 심리적 고통에서 완전히 탈출하면서 깨달은 경험에 바탕을 두고 쓴 고백서라 할 수 있다. 당신도 이 글을 읽으면서 자신도 모르는 사이에 행복의 샘물을 마시며 주변까지 물들일 수 있게 되기를 바란다.

로마에는 "권리는 권리 위에 잠자는 자를 보호하지 않는다"라는 속담이 있다. 권리는 우리 자신이 주장할 때만 누릴 수 있는 것이다.

내 행복은 내 권리이다. 나는 행복할 권리가 있다. 그 누가, 그 무엇이 나에게 행복을 가져다주지는 못한다. 그 누가, 그 무엇이 내 행복을 앗아가지도 못한다. 행복은 내 본질적 권리이다. 한 가지 사실을 잊지 말자. 당신은 행복해질 수 있고 행복한 사람이라는 사실을.

열린 길의 노래

- 월트 휘트먼

나는 가벼운 마음으로 열린 길을 걸어갑니다.

내가 어느 길을 택하든 내 앞길은

자유롭고 건강한 갈색의 긴 길입니다.

나는 이제 더는 행운을 찾지 않습니다.

나 자신이 행운인걸요.

나는 이제 더는 울지 않고 머뭇거리지도, 궁핍하지도 않습니다.

방 안이나 도서관에서 불평이나 짜증은 다 집어치웠습니다.

나는 만족스러움으로 힘차게 열린 길의 여행을 떠납니다.

대지, 그것만으로 만족합니다.

별들이 더 가까워질 필요도 없지요.

그냥 그들의 자리에 그대로 있으라고 하세요.

별들은 원하는 사람들에게나 속하면 그뿐이니까요.

Song of the Open Road

- Walt Whitman

Afoot and light-hearted I take to the open road,
Healthy, free, the world before me,
The long brown path before me leading wherever I
choose.

Henceforth I ask not good-fortune, I myself am good-
fortune,
Henceforth I whimper no more, postpone no more,
need nothing,
Done with indoor complaints, libraries, querulous
criticisms,
Strong and content I travel the open road.

The earth, that is sufficient,
I do not want the constellations any nearer,
I know they are very well where they are,
I know they suffice for those who belong to them.

차례

| 4장 | 지금을 행복하게 살아라

|5장| 나를 사랑하는 여덟 가지 방법

1장

나를
찾아가는
길

할 수 없는 것이 아니라
하지 않은 것이다

나는 날마다
모든 면에서 점점 더 좋아지고 있다.
Day by day, in everyway,
I am getting better and better.

- 에밀 쿠에Emile Coueé

사랑해야 할 사람을 사랑하지 못하고 사랑해선 안 될 사람을 사랑해 본 적이 있는가? 누구나 가까이해서는 안 되는 사람인 줄 알면서도 어느덧 그 앞에 가까이 가 있는 자신을 보고 놀란 적이 한두 번은 있을 것이다.

　오랜만에 만나는 친구에게 정말 따뜻하게 잘해 줘야지 하는 결심을 한다. 비록 과거에 서운한 마음이 있었더라도 다 털어내고 웃으면서 대하리라고 결심한다. 하지만 막상 만나서 이야기하다 보면 어느새 친구에게 상처를 주고는 집에 돌아오면서 또 후회한다.

이번 일만큼은, 이번 사업만큼은 열심히 해서 성공하리라 마음을 다잡아본다. 하지만 얼마 지나지 않아 결심은 이미 사라져 버리고 갈피를 못 잡고 갈팡질팡하고 있다.

결심과 후회, 또다시 결심과 후회를 반복하면서 인생을 낭비할 수는 없다. 결심과 후회를 반복하는 악순환의 고리를 끊어야 한다. 이를 끊는 데는 아무런 도움도 필요하지 않다. 오직 자기 의지만 있으면 된다. 의지라고 하면 대단한 강인함을 요구하는 것 같지만 전혀 그렇지 않다. 너무 단순하고 쉬워서 오히려 사람들이 대수롭지 않게 여기는지도 모른다.

사실 인생의 모든 해답은 그리 복잡하지 않다. 우리는 감정과 이성이 의지를 지배해야 한다고 생각하지만 오히려 그 반대가 되어야 한다. 의지로 감정과 이성을 지배해야 한다. 이 간단한 역발상을 받아들인다면 결심과 후회를 반복하는 악순환의 고리를 쉽게 끊어낼 수 있다.

오래전에 모스크바 출발 시베리아행 냉동 열차 안에서 한 사람이 얼어 죽은 채 발견되었다. 그는 철도청 직원으로 열차의 냉동 칸을 점검하다가 실수로 그만 문이 닫히는 바람에 냉동 칸에서 나오지 못했던 것이다. 그의 동료는 퇴근 시간이 되어도 그 직원이 보이지 않자 여기저기 찾아보다가 냉동 칸 안에서 얼어 죽은 그를 발견했다. 냉동 칸 벽에는 이런 글이 적혀 있었다. '아, 춥다. 내 몸이 얼어붙고 있다. 아, 이대로 죽는구나.' 하지만 사실 그 냉동 칸은 고장 나서 전혀 작동하지 않았고 기온도 바깥과 별 차이가 없었다. 그는 자신이 얼어 죽게 될 거라는 잘못된 생각에 지나치게 집착한 나머지 한여름이라 기온이 높았는데도 그대로 얼어 죽은 것이다.

현대 신경 의학계에서는 우리 신경을 지배하는 신경, 즉 복잡한 뇌의 모든 미묘한 변화를 주관하는 언어 중추신경을 발견했다. 그리고 이에 근거해 언어로 의지를 고양하게 하는 언어 치료법Word Therapy이 생겨났는데, 이로써 상처받은 감정은 물론 육체의 질병까지도 고치는 경우가 종종 있다.

미국 위스콘신주의 한 병원에서는 치료가 불가능한 암환자에게 언어 치료법을 권했는데 놀랍게도 그는 3주

뒤 암이 완치되었다. 그 방법은 하루에 10분씩, 3차례 정도 "나는 깨끗하게 치료되었어. 내 몸에서 암 덩어리가 다 빠져나갔지"라는 치료적 언어를 자신에게 말하는 것이었다. 몸 상태와 관계없이 의지를 가지고 자신에게 말을 걸면 신체 메커니즘이 그 방향대로 움직이는 것이다.

언어는 우리의 의지를 불러일으키는 데 가장 중요한 도구이다. 사랑해야 할 사람을 밉다며 화를 내고 심한 말을 퍼붓지 말자. 그 대신 입술을 열어 "사랑해"라고 말하자. 의지가 있다면 감정은 충분히 순화되고 이성은 더 지혜로워진다.

행복을 부르는 한마디

나는 생각나는 대로,
느끼는 대로 말하지 않고
바라고 원하는 대로 말하겠다.

나는 나일 뿐이다

우리 시대 가장 위대한 발견은
단순히 마음가짐만 바꿔도 생애가 바뀐다는 것이다.

The greatest discovery of my generation is that man
can alter his life simply by altering his attitude of
mind.

- 윌리엄 제임스William James

시인 로버트 프로스트^{Robert Frost}의 시 〈가지 않은 길^{The road not taken}〉에는 한 번도 가본 적이 없고 선택하지 않았던 삶에 대한 그리움을 간직한 인간의 심리가 잘 나타나 있다.

단풍 든 숲속에 두 갈래 길이 있었지요.

……

먼 훗날 한숨지으며 이야기하겠지요.

숲속으로 난 두 갈래 길 중

나는 사람들이 가지 않은 길을 택했고

그리고 내 모든 운명이 달라졌노라고.

미국에서는 한 중산층 남자의 실종이 화제가 되었다. 그 남자는 누가 보더라도 안정된 가정, 충분한 수입, 잘 자라고 있는 자녀 등 무엇 하나 부러울 게 없는 사람이었다. 가족은 갑자기 떠나버린 그를 어렵사리 찾았지만, 그는 낯선 도시에서 이름도 성도 모두 바꾼 채 완전히 다른 사람으로 살고 있었다.

우리도 가끔 누구의 부모, 누구의 배우자, 어디 소속이 아닌 순전히 자기 자신으로 살고 싶을 때가 있다. 누구에게나 숨어 있는 이러한 욕망을 그 중산층 남자는 행동으로 옮긴 것이다. 우리도 '자기 인생의 주인'으로 살지 않는다면 이러한 자발적 실종 대열에 동참하게 될지도 모른다.

우리는 자주 일상 일탈을 꿈꾼다. 가보지 못한 길에 대한 갈증, 익숙한 환경에서 일탈, 낯익은 사람들로부터 탈출, 지루한 생활 방식에서 일탈을 생각하며 자유로운 비상飛翔을 소망한다. 그러나 사회의 인식에 밀려 지금까지는 그 소망을 상상의 그림으로만 남겨둘 수밖에 없었다. 일탈을 꿈꾸는 사람은 상식에서 벗어난 짓을 하는 이방인으로 낙인찍혀 버리기 때문이다. 하지만 세상은 변했다. 사람들은 이제 더는 전체의 공론, 즉 인륜, 가치관 등을 그대로 받아들여 순응하려고 하지 않는다. 아리스토텔레스는 이렇게 말했다. "모든 윤리의 출발은 귀족들이 노예를 길들이려는 것이다." 많은 사람이 인륜과 윤리는 힘없는 서민과 약자들만 억압하지 않느냐고 의심의 눈길을 보낸다.

물론 윤리 자체가 전부 지배 계급의 이익을 위한 장치라는 말에 전적으로 동의할 수는 없겠지만, 일정 부분 그러한 측면이 있다는 것도 부인할 수 없다. 그럴듯해 보이는 윤리적 잣대가 우리 모두를 위한 것이라기보다는 특정 권력을 쥔 사람들을 교묘하게 대변하고 옹호하는 경우가 많다.

그 결과 우리는 전통, 가치관, 종교가 힘을 잃어버린 시대를 맞이했다. 그러므로 우리는 자기 마음을 스스로 관리하는 것이 무엇보다 중요하다. 그렇다면 마음을 어떻게 관리해야 할까?

내 마음이 온전한 다음에야 다른 모든 것이 존재한다.

"사람 나고 돈 났지 돈 나고 사람 났느냐"라는 말처럼 내 마음에 평화가 있고 나서 황금도 있고, 아내도 있고, 자식도 있고, 친구도 있다. 마음이 행복하지 않으면 전부 소용없다. 마음의 건강을 위해 독서와 깊은 사색으로 이성을 풍요롭게 하라. 또 감성을 풍요롭게 하라. 희로애락喜怒哀樂을 적절하게 안배하되 긍정적 에너지가 지배하도록 의지를 움직여라.

그러나 무엇보다도 강한 의지를 지녀야 한다. 강한 의지는 이성과 감성의 약점을 극복할 수 있으나 의지가 약하면 이성과 감성이 아무리 풍부해도 그것으로는 약한 의지를 끌고 나아가기가 어렵다.

매서운 눈보라가 몰아치는 밤길에도 정신만 잃지 않는다면 내일을 기약할 수 있다. 하지만 온갖 호화로운 보물로 치장된 궁전에서 산다 해도 의지가 약해 자기감정에 휘둘리면 야수처럼 행동한다. 인간의 정신은 의지로 온전함을 유지한다. 그런데 의지로 자기 마음을 다스리지 못하면서 매우 솔직한 성격이라고 착각하는 사람이 많다. 그 사람들의 특징은 곧잘 화를 내고, 딴청 부리며, 전부 남의 탓으로 돌리고 자기는 자기 기분에 충실했다고 큰소리친다는 것이다. 그러면서 결국 자신의 가장 소중한 보석인 마음은 만신창이가 된다.

어느 날 한 남성이 내게 찾아왔다. 그는 온유한 품성으로 칭찬이 자자했던 사람이었다. 그러나 사업이 망하자 처갓집에서 아무런 도움도 주지 않는다며 아내를 괴롭히기 시작했다. 죄 없는 아내에게 걸핏하면 화를 내다가 점차 성격이 난폭해져 나중에는 자신도 주체하지 못할 정도가 되었다. 그는 일부러 만취해 집에 와서는 주먹으로 벽을 치고, 자다가 한밤중에 일어나 소리를 지르고 화를 버럭버럭 내면서 점점 난폭한 성격으로 변해 갔다. 그는 자신의 심정을 이렇게 털어놓았다.

"어쩌면 좋을까요? 요즘은 가만히 있어도 속이 부글부글 끓어오릅니다. 자꾸 뭔가를 짓밟아버리고 싶은 충동에 몸이 떨립니다. 이러다가 제가 이상해지는 건 아닐까요?"

나는 그에게 대답했다. "맞습니다. 단지 아내를 괴롭히려고 한 행동이 당신 자신을 더 파괴하고 있습니다. 잘 들으십시오. 계속 지금처럼 행동하다가는 당신 자신도 자제하지 못하는 인격 파괴자가 될 수밖에 없습니다. 만일 그렇게 되면 당신은 아내는 물론이고 자기 자신으로부터도 버림받아 낙오자가 되고 말 겁니다."

나는 그에게 덧붙였다. "지금부터라도 누구에게 끌려다니며 살지 마십시오. 누구 때문에 화내고, 누구 때문에 술 마시는 것이 아니라 단지 자신만을 위해 참으로 내 마음, 내 건강에 무엇이 좋은지만 생각하며 사십시오."

그 후 그 남성은 마음을 잘 다스려 예전의 평정을 되찾았다.

행복을 부르는 한마디
매일매일 다시 태어난다는
느낌으로, 새로운 느낌으로
하루하루를 살겠다.

섣부른 판단을 보류하라

어떤 이에게는 양식이
다른 이에게는 독이 될 수 있다.
One man's gravy is another man's poison.

- 미국 속담

뽕나무밭이 푸른 바다로 변한다는 상전벽해桑田碧海라는 고사성어처럼 지금 세상을 제대로 나타내는 말도 없을 것이다. 만일 빛의 속도인 초속 30만 킬로미터보다 더 빠른 타임머신이 있다면 우리가 그것을 타고 수백 년 역사를 거슬러 올라가 보고, 수백 년 전 사람들이 지금의 서울 한복판에 와서 본다면 서로 어떤 기분이 들까? 문명의 현격한 차이에 놀라기도 하겠지만, 그보다도 사람들의 생각이 너무 다르다는 것을 보고 깜짝 놀랄 것이다.

사실 수백 년 전으로 올라갈 필요도 없다. 하루가 다르게 사람들의 생각이 달라지고 가치관이 변한다. '옳음'

이 '그름'으로, '수치스러움'이 '당당함'으로, '자랑스러운 일'이 '부끄러운 일'이 되는 경우가 허다하다.

예전에는 한 직장에 오래 다녀야 유능하고 착실한 사람으로 생각했는데 지금은 적어도 몇 번씩은 직장을 옮겨 다녀야 경력 관리도 되고 능력 있는 인재라고 평가도 받는다. 묵묵히 순종하고 시키는 일만 잘하면 되던 시대에서 이제는 자기 일을 스스로 찾아서 하고 상사의 잘못된 판단을 과감히 지적할 수 있는 사람이 촉망받는 시대가 되었다.

옳고 그름의 기준이 확실하지 않은 시대에는 절대적 기준을 갖지 않는 편이 좋다. 이미 흘러간 선악의 기준으로 자꾸 자신을 판단하고 남을 판단하면 자신도 견디지 못하고 괴로울 뿐이다. 우리가 선악을 판단하는 기준은 시대와 장소에 따라 다르다. 주체적으로, 자유의지로 사고하지 못하는 사람일수록 자꾸 남에게서 얻은 지식이나 경험으로 판단하려고 한다. 이러한 사람들은 자기 삶을 주체적으로 살지 못하고 과거의 기준으로 나와 너,

우리와 그들, 내 편과 네 편, 아군과 적군으로 구분하며 자신이 속하지 않은 영역을 언제나 시기한다. 따라서 우리 행복, 아니 자기 행복을 위해서는 흑백논리를 버려야 한다.

이 세계를 있는 모습 그대로 보는 사람은 아무도 없다. 인간은 누구나 학습과 경험, 제도와 환경이라는 렌즈를 통해 사물을 이해하고 받아들인다. 하지만 인간이 알 수 있는 지식은 이 거대한 우주에서 일부분일 뿐이다. 들을 수 있는 범위도 정해져 있고, 소리 낼 수 있는 한도도 정해져 있고, 역사와 사람을 이해할 수 있는 이해의 범위도 한정되어 있다. 모든 것을 제대로 알 수 없는 우리가 어찌 그리 쉽게 누구와 그 무엇을 함부로 판단하고 단정 지을 수 있겠는가?

세월이 지나면서 예전에 내렸던 판단이 잘못되었던 경우도 많다. 지금 보면 대수롭지 않은 일인데 왜 그 당시에는 그토록 호들갑을 떨고 흥분했는지를 생각하면 머쓱해질 때가 많다.

그렇다면 우리가 과거에 내렸던 판단이 지금 돌아보면

잘못한 것으로 생각되는 것처럼 지금의 판단도 10년, 20년 또는 더 시간이 흐른 뒤에는 전혀 반대의 결과를 가져올 수도 있다.

고대 철학에서 즐겨 쓰는 개념 중 '에포케epoche'라는 말이 있다. 이것은 모든 대상과 사건을 해석할 때 개인적 판단이 개입하므로 '판단을 보류하라'는 뜻이다. 우리는 옳고 그름, 선과 악이 우리가 태어나기 전에 아니면 그보다 더 오랜 과거에 미리 정해져 있다고 생각했다. 그러나 오늘날은 이미 정해진 답의 신빙성 자체가 의문시되고 있다. 그 정답을 좇아 충실히 살려고 하면 할수록 행복과는 거리가 멀어지는 듯한 경험은 누구나 해보았을 것이다.

선과 악, 나와 우리의 행복을 공유하려면 에포케, 즉 너와 나에 대한 섣부른 판단을 보류하는 것이 중요하다. '그 사람은 무조건 싫어', '그는 무조건 좋아', '그 사람은 다 잘해', '그 사람이라면 무조건 믿어', '무조건 못 믿어' 등 '무조건'이라는 잣대를 버리고 중용의 관점을 지니는 것이 중요하다.

중용의 관점을 지닌 사람들은 자신과 다른 사람들을 평가할 때 '어느 정도'라는 말을 잘 사용한다. '어느 정도 일리가 있다', '어느 정도 문제는 있다', '그 정도면 충분하다'는 중용적 태도는 모든 것의 경계가 불투명하고 행동 선택이 유동적이기는 하지만, 바로 거기에서 여유와 행복을 찾을 수 있다.

행복은 흑백논리와 같은 이분법의 세계에 있는 것이 아니라 수긍과 부정의 세계에 함께 존재한다.

행복을 부르는 한마디

'절대'라는 말보다는
'어느 정도', '그쯤이면'이라는 말을
자주 하겠다.

침묵과 신뢰의 오솔길을 걸어라

무엇을 할 수 있고 없고는
당신 마음가짐에 달려 있다.

Whether you believe you can do a thing or you can't,
you're always right.

- 헨리 포드Henry Ford

'이것 아니면 절대 안 돼.' '이것 때문에 내가 사는 거야.' 이러한 생각은 곧 강박관념이며 이것이 굳으면 편집증으로 발전한다. 강박관념은 자기 내면에 흐르는 에너지를 조절하지 못하고 특정 경험에 얽매여 끌려다닐 때 생긴다.

지그문트 프로이트 Sigmund Freud는 마음의 에너지가 흐르는 방향에 대해 탁월한 견해를 제시했다. 그는 인간의 마음을 무의식, 의식, 초의식으로 나누었다. 무의식은 쾌락 원리에 따라, 의식은 현실 원리에 따라 움직이며, 초의식은 가치관이나 인륜, 도덕에 지배받는다.

인간의 욕망을 만족하게 하려는 무의식의 욕구를 현실에 적응하도록 의식이 억누르고 조절해 준다. 다시 현실 욕구와 쾌락 욕구는 초의식이 양심의 이름으로 검열한다. 이렇게 억눌린 무의식적 충동, 자아의 긴장 속에서 정신적 에너지의 방향이 결정된다는 것이다. 이처럼 프로이트는 인간의 심리를 밝혀내는 데 지대한 공헌을 했지만, 우리 마음을 과거 상처의 노예로 만들었다.

따라서 프로이트를 이해하되 그를 넘어서야만, 아니 그를 버려야만 진정한 자아를 찾을 수 있다. 게오르크 빌헬름 프리드리히 헤겔Georg Wilhelm Friedrich Hegel은 인간의 마음을 과거 상처의 노예로 보는 프로이트와 다른 견해를 제시했다. "우리 정신에 남은 상처는 흔적도 없이 치유할 수 있다. 정신은 자기 자신에게 귀환하고 그 안에 잠시 나타났던 특수성의 양상은 이내 소실되어 사라진다."

이는 인간은 자기 자신과 특수성 두 가지로 구성되어 있다는 것이다. 특수성은 원래 자기가 자라나면서 겪는 온갖 경험을 가리킨다. 어떤 경험을 했든 그 경험의 상흔은 사라지고 태어날 때 본연의 모습인 순수함과 천진난

만함, 행복한 상태로 늘 복귀한다. 즉, 인간은 일종의 용수철처럼 자기 자신에게로 회복한다.

우리는 마음을 비우고 살라는 말을 많이 듣는다. 이것은 특수성을 버리고 자기 자신에게로 돌아가라는 뜻이다. 마음을 비웠다는 것은 과거의 쓰라린 상처, 불쾌한 행동에 끌려다니지 않고 오로지 내 의지대로 마음을 다스릴 수 있는 상태를 말한다. 마음을 비우면 매사가 순리대로 풀리며 참으로 가치 있는 것을 원하고 선택하게 되어 성취할 수 있다. 또한 헛된 욕망과 잘못된 습관에서 벗어나 에너지를 정말 쏟아야 할 곳에 쏟을 수 있다. 그럼 마음을 비우려면 어떻게 해야 할까?

마음을 비우는 길은 침묵과 신뢰의 오솔길을 걷는 것과 같다. 여기서 '침묵'은 모든 일에 침묵하라는 뜻이 아니다. 때로는 유머도 필요하고, 적당한 대응도 필요하고, 적절한 문제 제기도 필요하다. 침묵은 자기 한계를 받아들여 모르는 것을 인정하면서 우주적 섭리를 기다리는 것이다. 침묵은 나를 둘러싼 상황과 나를 분리해 관조하는 행위이며, 더 나아가 내 주변 환경과 나를 아무런 관계없이 만드는 것이다. 그래서 침묵은 명상이고 마음 비우기다.

매우 화가 났을 때를 상상해 보자. 견디기 힘든 말을 들으면 정신을 잃을 정도로 분노가 생긴다. 하지만 화를 낸다고 해결될 것은 없다. 나쁜 일과 말을 머리에서 지워버리려면 어떻게 해야 할까? 산에 올라가 고래고래 소리라도 질러볼까? 길거리에서 두더지를 망치로 힘껏 내리쳐 잡아볼까? 고속도로를 달려볼까? 모두 어느 정도 효과가 있는 것은 사실이지만, 그것은 일시적일 뿐 앙금이 남는다.

앙금을 남기지 않는 방법은 들었던 말과 사건에 무심해지는 것이다. 고요한 침묵 속에 내가 무엇 때문에 화났는지를 생각해 보자. 그런 다음 화의 대상을 자꾸 좁혀가자. 그 사람의 행동 때문에? 그 사람의 얼굴 때문에? 그 사람의 말투 때문에? 이렇게 좁혀가다 보면 화낼 일은 아무것도 없음을 알게 된다. 마음을 비운다는 것은 문제를 다른 시각에서 객관적으로 바라보는 능력을 기르는 것이다.

그리고 '신뢰'는 자아를 과거의 그 무엇에 얽매여 있다고 보지 않는 것이다. 어떤 사람들은 개인의 자아는 지층地層과 같다고 말한다. 과거가 마음속에 두껍게 쌓여 있어서 자신에게 입력되는 정보 중 의도적으로 삭제하려고 하면 무의식 속에 묻혀 있던 과거의 특정 경험이 튀어나와 반작용이 일어날 수 있다고 한다.

그러나 사실은 그렇지 않다. 도리어 내가 나를 얼마나 신뢰하느냐에 따라 과거 경험은 얼마든지 조절할 수 있다. 이렇게 외쳐보자. "내가 하고 싶은 대로 생각하고 움직인다." "나는 이제 더는 흘러간 과거의 흔적에 끌려다니는 허수아비가 아니다." 처음에는 힘들지라도 자신에게 암시하며 각인해 보라. 그러면 당신은 어느덧 자기 생각과 감정의 주인이 되어 있을 것이다.

자아는 내가 믿는 대로 움직인다. 우리를 행복하게 해주는 묘약은 바로 '침묵과 신뢰'이다. 신뢰는 자신을 믿는 것이다. 자신을 신뢰할 수 없다면 누구도 신뢰할 수 없다. 침묵은 우리 정신의 여과 장치이며 신뢰는 우리 존재의 힘이다.

    총알과 포탄, 핵무기까지도 견뎌낼 수 있는 참호를 토치카tochka라고 한다. 침묵과 신뢰는 우리가 어떤 종류의 일이나 시련을 겪더라도 능히 견디고 관리할 수 있는 토치카로 만들어줄 것이다. 자아가 건강해지면 어떤 악조건도 다 견딜 수 있을 뿐 아니라 조화로운 분위기를 창조하며 평화로워지고 사랑을 만든다.

행복을 부르는 한마디

환경에 지배받기보다는
환경을 지배하며
아름다운 인생의 꽃을 피워야겠다.

자신을 믿는 것만큼
큰 성공은 없다

우리가 믿는 것이 진실이다.
What the people believe is true.

- 미국 속담

무엇인가를 바라고 소망하며 그것을 지탱하고 성취해 주는 것은 곧 자신에 대한 믿음이다. 자기 자신에 대한 확신이 있을 때 자기 내면에 있는 잠재력을 전적으로 움직일 수 있다. 우리는 자신에 대한 신뢰를 교만으로 오해하는 경우가 종종 있다. 우리 사회는 자기를 낮추는 것을 미덕으로 여겨 사람들은 뒤로 물러서서 자기 재능을 숨기고 살았다.

"제가 뭘 하겠습니까?"
"전 정말 아무것도 못 합니다."

"다 이 못난 사람 때문입니다."

"이러는 저도 제가 싫습니다."

"저도 저를 포기했습니다."

　그러나 자기 신뢰는 절대로 교만이 아니다. 오히려 자기에 대한 신뢰가 부족할 때 교만해진다. 자부심이 낮은 사람일수록 남을 억압하고 주변 사람을 무시하는 경향이 있다. 자기 자신에 대한 믿음이 강한 사람일수록 타인을 신뢰한다. 머리끝에서 발끝까지 자기를 사랑하고 믿자. 자신의 힘은 누가 부여하는 것이 아니라 이미 내면에 지니고 있다.

　성공학의 권위자이면서 유명한 대중 연설가인 지그 지글러Zig Ziglar 박사가 뉴욕의 지하도를 들어가려다 그 입구에서 연필을 팔고 있는 거지를 보았다. 다른 행인들처럼 지글러는 1달러를 그냥 주고 연필을 받지 않은 채 지하도를 내려가다가 다시 거지에게 돌아가 말했다.

　"방금 제가 1달러 드렸습니다. 그 대가로 제게 연필을 주세요."

연필을 받은 지글러는 거지에게 이렇게 말했다.

"이제 당신은 거지가 아닙니다. 당신도 나와 같은 사업가입니다."

거지는 매일 연필을 들고 돈을 구걸하면서도 이제까지 한 번도 들어보지 못했던 말을 지글러에게서 듣고는 자신의 자화상이 달라지기 시작했다.

"아! 나는 거지가 아니구나. 당당하게 연필을 팔고 돈을 버는 사업가구나."

지그 지글러의 말 한마디에 자신감이 생긴 거지는 인생이 완전히 바뀌었다. 그는 나중에 사업가가 되어 지글러를 찾아와 이렇게 말했다.

"다른 사람들이 연필을 가져가지도 않고 돈만 던지고 갔기 때문에 늘 저 자신을 초라한 거지로 생각했습니다. 하지만 '이제 당신도 사업가'라는 당신의 말 한마디가 저를 이렇게 바꾸어놓았습니다."

어느 날 백발의 노인이 파블로 피카소 Pablo Picasso를 찾아와 추상화 하나를 보여주면서 평가를 부탁했다. 피카소는 그 그림을 한참 들여다보다가 감탄하는 표정으로 말했다.

"이 그림을 그린 어린이가 손자입니까? 이 아이는 그림에 천부적 재능을 가지고 태어났소. 제게 데려오면 훌륭한 화가로 가르치겠습니다."

피카소의 말이 끝나자 노인은 한숨을 내쉬며 이렇게 말했다.

"이 그림은 제 손자 것이 아니라 제가 아홉 살 때 그린 그림입니다."

이 노인은 어렸을 때 그림을 즐겨 그렸지만 누구 하나 칭찬하기는커녕 그것도 그림이냐는 핀잔만 들었다고 한다. 주위에서 부정적인 말을 들으며 자란 노인은 스스로 화가의 소질이 없다고 생각했지만, 늘 마음 한구석에 그림을 그리고 싶은 갈증이 남아서 피카소를 찾아온 것이다.

우리의 정신은 그 무엇과 비교할 수 없이 위대하다. 내가 믿는 만큼만 정신은 움직인다. 아무리 대단한 잠재력을 지닌 사람이라도 그것을 의심한다면 재능을 펼칠 수 없다. 그러나 자기 가능성을 믿으면 반드시 현실에서 위대한 창조성을 드러낼 수 있다. 이것은 특별한 성현이나 영웅들에게만 해당하는 것이 아니다. 그러므로 자기에 대한 이미지를 밝고 진취적이며 잠재적 가능성이 큰 사람으로 여겨라.

자신의 가능성을 믿지 못하고 중심 없이 동요하면 인생 전체가 흔들릴 수 있다. 인생은 자기 가치에 대해 가격을 정한 만큼의 액수를 나에게 지급한다. 낮은 보답을 받고 있다면 자기 가치를 스스로 낮춰 본 것이다. 자기 가치를 스스로 높인다면 보답도 높아질 것이다. 자신을 믿고 가능성을 바라보며 노력하면 반드시 좋은 결과가 뒤따를 것이다.

무조건 자기 자신을 믿어라. 자기를 의심하고 불신하면 자기 재능을 제대로 펼칠 수 없다. 인간의 재능은 자신감을 가질 때 싹이 나고 열매를 맺을 수 있다. 자기 불신이야말로 자신에게 있는 잠재력조차 발휘하지 못하게 한다. 아무도 당신을 믿어주지 않는다고 하더라도 자신만큼은 자신을 믿어야 한다. 우리는 인생의 아름답고 고귀한 목표를 향한 확신을 약화하려는 것들에 맞서는 용기를 가져야 한다.

어떤 사람이 하는 일마다 실패해서 무척 의기소침해져 용기를 얻고자 현자를 찾았다.

"저는 아무것도 할 수 없는 무능한 사람입니다. 저 자신이 마치 싸구려 양초 같아요."

현자는 이 가엾은 사람의 어깨를 두드리며 말했다.

"싸구려 양초라고요? 건초 더미에 불을 옮겨붙이는 데는 비싼 양초든 싸구려 양초든 아무 상관이 없습니다. 중요한 건 양초 가격이 아니라 불을 붙일 수 있느냐, 없느냐이거든요."

불이 있는 데도 없다고 생각하고 무시해버리면 그 불은 곧 꺼질 것이다. 우리는 모두 자신과 세상을 환히 밝힐 가능성이 있다. 그 가능성의 불씨는 자신을 인정하고 믿어주는 사람에게만 환하게 타오른다는 것을 기억하라!

행복을 부르는 한마디

두려움으로 나를 가두기보다는
자신감으로 내 잠재력을
키울 것이다.

행복은 어떻게가 아니라
왜라고 묻는 데서 시작한다

마음의 불을 끄고 대자연 앞에 불을 밝히라.

Quench the fire in your heart, light the candle before
the nature.

- 중국 속담

도회지 생활을 접고 강원도에 내려가 사는 친구가 있다. 나는 가끔 산세가 좋고, 은빛 물살이 흐르는 강을 낀 산자락에 있는 그 친구의 집을 찾는다. 몇 년에 한 번씩 그것도 휴가철에만 찾아서 친구에게 늘 미안했지만 낚싯대를 둘러메고 함께 바다로 나가면 우리는 곧 철없는 아이가 된다. 마냥 웃고 떠들면서 배를 타고 바다 한가운데로 가서 낚싯대를 던지면 그 친구는 꼭 자신이 겪었던 이야기를 들려준다.

　초여름 날, 저녁을 일찍 먹고 해가 저물기 전에 몇 명이 낚시를 갔다. 그들은 선들선들 불어오는 해풍을 맞으며 시간 가는 줄 모르고 낚시를 했다. 어두워지면서 잔잔하던 파도가 몰아치자 그제야 정신을 차린 낚시꾼들은 서둘러 해안으로 나오려고 애썼다. 이미 캄캄해진 바다 한가운데서 랜턴과 라이터 등 켤 수 있는 모든 불을 밝혀 손에 들고 주위를 살폈으나 도무지 방향을 분간할 수 없었다. 그때 낚시의 달인이라는 별명이 있는 사람이 모든 불을 끄라고 뜻 모를 소리를 질렀다. 사람들은 "무슨 말을 하는 거야? 이렇게 어두운데 불을 끄라니?"라고 투덜거리면서도 달리 방법이 없던 터라 불을 모두 껐다. 잠시 후 비로소 저 멀리 바닷가 집들에서 새어 나오는 불빛이 보이기 시작했다.

우리 인생에서도 노력하고 애써도 실타래가 엉켜 있는 것처럼 도무지 해결 방안이 보이지 않을 때가 있다. 가끔 지금까지의 경험과 지식을 버릴 필요가 있다. 이것 아니면 안 된다는 생각도 버려보자. 정답이라고 생각한 모든 것을 내려놓고 무심으로 돌아가자. 그 순간 당신에게 행복의 불빛이 환하게 켜질 것이다.

물질이 넘쳐나고 과학문명이 고도성장을 한다고 해도 도무지 해결할 수 없는 일들이 있다. 어떤 사람들은 종교에서 행복을 찾고, 어떤 사람들은 물질적 수단으로 행복의 기술과 방안을 찾으려고 애쓴다. 행복해지고 평화로워지는 방법을 가르쳐주는 수단은 많지만, 그것은 마치 '행복'이라는 열쇠를 만들어 파는 것과 같다. 그러나 인간의 행복은 특정한 기술에서 오는 것이 아니라 우리 존재에서 오기에 행복을 추구하는 것만큼은 '어떻게'보다는 '왜'에 대한 해답을 찾아야 한다.

그 이유는 '어떻게'는 방법과 수단에 집착하게 하는 반면 '왜'는 원인과 결과를 알게 하기 때문이다. 그러므로 우리는 '무엇을 위한 행복인가?', '왜 행복해야 하는가?'라는 물음을 갖고 행복의 의미와 목적의 분명한 개념을 정립해야 한다. 사람들은 행복의 '이유'보다는 행복의 '방법'에만 관심을 쏟는데, 이것은 본말이 전도된 것이다.

어떤 특별한 이유가 없어도 우리는 행복해질 수 있다. 행복의 조건을 포기하면 된다. 행복해진다고 하는 방법론, 행복할 수 있는 조건 등에 집착하면 할수록 행복은 저 멀리 도망간다. 행복에는 조건이 없다. 꼭 그 사람과 결혼해야만 행복할 수 있다는 기준을 누가 정했는가? 10억 정도는 있어야 사람 행세를 하며 행복할 수 있다는 기준이 어디서 나왔는가? 우리는 스스로 조건을 만들어 자기 행복의 발목을 잡고 있다.

인도를 여행하다 보면 갠지스강에서 목욕하고 노숙하는 빈민층을 만난다. 이방인의 눈에는 그들의 삶이 매우 불행해 보이지만 정작 그들은 불행이 뭔지도 모른다. 이것은 인생을 보는 눈과 행복에 대한 기준이 다르기 때문이다.

우리의 행복은 자연스러운 상태와 가장 가까워질 때 커지는 속성이 있다. 자연스러운 상태는 원래 인간의 본연 그대로인 백지상태이며, 어떤 경험도 아직 기록되지 않은 상태다. 세상을 어떻게 살아야 하는지에 대한 수단으로서 경험은 중요하지만, 세상을 사는 목적은 자연 그대로가 좋다. 인위적이고 작위적이기보다는 자연 그대로 사는 것이 목적일수록 행복하다.

이것은 아무 목적 없이 살자는 것이 아니다. 자연을 보

라. 자연이 어떻게 조화를 이루며 유기적으로 살아가는
지 보라. 자연이 어떻게 계절에 반응하고 자기 자리에서
우주의 질서에 맞게 움직이는지 눈여겨보라.

행복을 부르는 한마디

긍정적인 눈으로
내 행복과 상대방 행복을 보아야겠다.

무엇보다 내 감정을
다룰 줄 알아야 한다

내가 내 감정을 이해하지 못하면?
내가 바로 그 감정의 희생양이 되기 쉽다.

"The less a person understands his own feelings, the more he will fall prey to them.

- 하워드 가드너 Howard Gardner

나는 나 자신을 얼마나 알까? 겉으로 드러난 부분 말고 내면에 관한 것을 말한다. 그렇게 물으면 자신 있게 잘 안다고 말할 사람이 흔치 않다. 이유가 있다. 남에게 보이는 것에 신경 쓰다가 그만큼 자기 내면을 등한시했고 잘 모르게 된 것이다. 그러면서도 자신을 잘 아는 것처럼 행동하는 바람에 자신도 모르게 실언하거나 엉뚱한 일을 저지르게 되고 그제야 스스로도 놀란다.

'아니 내가 어떻게 이런 일을…'

자기 자신을 모르면 모르는 만큼 자신을 위해서 한다는 일들이 자신에게 손해를 끼치는 경우가 많다.

소크라테스가 '너 자신을 알라'고 했을 때, 외모나 가문 등을 알라고 하는 뜻이 아니라 바로 너의 기질, 너의 이해 범위, 너의 합리성이 어떠한지 알고 있으라는 것이다. 그래야만 불필요한 실수를 하지 않고 그만큼 성장하며 더 행복할 수 있다. 여기서 기질은 자기감정을 습관적으로 드러내는 태도이다. 삶의 태도가 성숙해지려면 먼저 자기감정을 잘 이해해야 한다. 그래야 기분에 휘둘리지 않고 바람직한 삶을 만들어 간다.

하지만 자기 자신을 안다는 것이 그리 쉽지만은 않다. 누구나 가지고 있는 자기연민 때문이다. 그 자기연민이 지나치면 나르시스트가 되어 세상의 중심에 항상 나를 둔다. 이러면 어떤 경우에도 자기감정을 객관적으로 볼 수 없다. 물론 자기연민이 너무 부족해도 자기를 학대하기 쉽다. 자신을 이해하고 자기를 토닥여 주는 수준의 자기연민이 적당하다.

자기를 이해한다는 것은 지금 내 감정이 무엇 때문에 생겼고, 이런 감정은 어떻게 다루어야 할지를 안다는 것이다. 무엇이든 이해할 수 있어야 조절할 수 있다. 모르면 무작정 끌려가거나 무조건 저항할 수밖에 없다.

자기를 안다는 것은 혼자 있을 때 감정만을 의미하지 않고 다른 사람과의 관계에서 감정도 의미한다. 내 감정에 무지하면 자연히 다른 사람 감정에도 무지하기가 쉽다. 무엇에든 무지할 때 맹목적으로 되는 것이다.

내 감정에 맹목적인데 어떻게 다른 사람 감정이 보이겠는가. 그렇게 완고한 사람들끼리 만나면 아무리 가까운 사이여야 한다 해도 부딪치다가 파국을 맞게 되어 있다. 내 감정이 소중한 것과 내 감정이 옳다는 것은 전혀 다른 문제이다.

아무리 내 감정이 소중하더라도 맞는 것만 맞고 틀린 것은 틀렸다. 내 감정만 옳고 다른 이의 감정은 지나치다고 보면 그것은 오만이다. 노예 심리는 그와 달리 내 감정은 늘 묻어두고 다른 사람 눈치만 살핀다. 자기감정을 잘 이해하며 귀히 여기는 사람이 다른 사람 감정도 이해한다. 그런 사람들이 자신의 어떤 감정이라도 건설적으로 해소해 나가듯 다른 사람의 감정도 무리 없이 잘 유도해 낼 줄 안다. 자기감정을 스스로 다스릴 줄 아는 사람이 다른 사람도 다스릴 수 있다는 뜻이다.

자기가 자기감정을 이해하지 못하면 자기 기분에 희생당하는 것으로 끝나지 않고 다른 사람들과 어울려 어떤 일을 성취해 내기 어렵다. 내 감정이 어떤 것인지 솔직한 이해가 부족하기에 무엇이든 그 기분대로만 하려 들고 누구든 따라주지 않으면 무시당했다고 기분 나빠 한다.

혹시 인간관계가 생각처럼 잘 안 풀리는가? 먼저 자기 감정을 이해하려고 노력해 보라. 이 기분은 어디서 비롯했으며 이 기분 때문에 애꿎은 타인에게 피해를 주지는 않았는가. 자기감정에 무지하면 이런 착각에 빠져 산다.

'언제나 내 감정이 옳아.'

'내 기분을 무시하는 것은 내 존재를 무시하는 것이니 참아서는 안 돼.'

타인을 대할 때도 마찬가지다. 그와 나 사이에 어떤 감정이 일어나는지 먼저 알아야 한다. 그 감정이 어떤 선입견에 기인했다면 휘둘리지 않도록 해야 한다. 그래야 서

로를 진정으로 이해할 수 있고 어떻게 해야 건설적인 관
계를 맺어 갈지를 알게 된다.

행복을 부르는 한마디

기분이란 있다가 떠나가는
바람 같은 것이니
기분에 휘둘리지 않겠다.

내게 행복을 주는 사람

행운이 없는 고통은 없다.

There is no pain without fortune.

- 루마니아 속담

고대 수메르인은 방패나 바위에 씨앗 문양을 많이 새겨 놓았다. 여기에는 풍요와 다산을 기원하는 마음이 반영되어 있다. 그들은 곡식만 있으면 충분히 행복해했다. 현대인은 풍족함을 누리지만 행복하지 않다고 말한다. 그렇다면 우리는 어디에서 행복을 찾아야 할까?

우리는 행복도 다른 것들처럼 배워야 한다고 생각한다. 한 사회의 구성원이 되려면 많은 것을 교육으로 배워야 한다. 사회의 기대에 걸맞은 성취를 하려면 인류가 지금까지 성취해 놓은 문화적 유산들을 배워야 하고, 사회 조직의 규범을 내면화하여 적응해야 한다. 거기에 빠르

게 변화하는 사회에 적응할 창의적 안목까지 갖추어야
한다.

지금의 성공과 부, 명예와 권력은 철저히 학습하고 온
갖 수단을 다 동원해 분투해야 이룰 수 있다. 사회는 우
리 머릿속에 많은 것을 집어넣고, 그것에 따라 우리가 길
들여지기를 요구한다. 그리고 그 학습의 범주에 행복마
저 집어넣고 있다. 그러나 행복은 결코 학습으로 얻을 수
있는 것이 아니라 내면에 숨어 있는 보석을 발견함으로
써 얻을 수 있다.

내게 행복을 주는 사람이 있는 것이 아니다. 행복은 본
래 내 모습에 있는 것으로, 그것을 제대로 누리지 못할
때 도와주는 사람이 있다면 행복 찾기는 좀 더 수월해질
수 있다.

교육의 어원은 라틴어 'educatio'로 '~에서 끌어올
린다', '~에서 빼낸다'라는 뜻이다. 교육은 내면의 잠재
적 가능성을 끌어내 발휘하게 하는 행위이다. 그러나 현
대 교육은 무엇을 끌어내기보다 무엇이든지 집어넣으려

고 한다. 교육의 어원을 따르면 행복도 교육이라고 할 수 있다. 행복은 외부에 있는 것들이 내게 주는 것이 아니다. 행복은 마음속에 있는 지극히 고유한 내 권리이다. 이 권리는 그 자체가 목적이며 수단이 될 수 없다.

　행복은 자신이 이 세상의 유일한 존재임을 부정하지만 않는다면 저절로 빛을 발한다. 행복이라는 보석의 빛을 흐리게 하는 가장 큰 함정은 소유물과 자신을 동일시하거나 직업과 자신을 동일시하는 것이다. 더욱이 자신을 타인에게 보여주려는 존재라고 생각하면 그 생각만큼 행복의 보석은 빛을 잃게 된다.

　프랑스의 귀족 출신 작가 라로슈푸코La Rochefoucauld는 전쟁과 배신의 소용돌이 속에서 경험한 것을 토대로 쓴 《잠언집Maximes》에 다음과 같은 글을 남겼다.

　사람들은 자기 스스로 행복을 누리기보다는
　남에게 행복해 보이기를 바란다.
　남에게 행복해 보인다는 소리를 들으려고 애쓰지만
　않아도 만족하기가 그리 어렵지는 않다.

남이 행복하게 봐주기를 바라는 그 허영심 때문에
진정한 행복을 놓치는 경우가 정말 많다.

인간은 언제부터인가 지나치게 타인과 세상의 시선을
의식하기 시작했다. 행복은 정복이 아닌 회귀이다. 지혜
는 장성한 사람이 되면 얻을 수 있지만, 마음은 현실에
집중하는 어린아이처럼 되어야 평온해진다.

《아직도 가야 할 길The road Less Traveled》의 저자 모건 스콧
펙Morgan Scott Peck 박사는 행복해지는 가장 빠른 방법은 불
행하다는 생각을 버리고 "내게 일어나는 모든 일을 다
내 성숙과 유익을 위한 것으로 받아들이는 것이다"라고
말했다.

나는 청년들을 지도할 때 모자이크 조각 붙이기를 한
다. 제각각 다른 조각들, 쓸모없는 것처럼 보이는 조각들,
쓸데없이 크거나 작은 조각들, 이 모든 것을 하나하나 붙
여가다 보면 아름답고 훌륭한 작품이 탄생한다. 완성된
모자이크에서 한 조각이라도 떼어놓아 보라. 그러면 모자
이크는 금방 볼품없어진다.

내게 일어난 일, 일어나고 있는 일 중 어느 것 하나 소중하지 않은 일은 없다. 인생은 조각들이 모여 작품을 만들어 가는 모자이크와 같다.

행복을 부르는 한마디

내 내면의 보석을 발견하여
인생 액자에
훌륭한 작품이 담기도록 해야겠다.

내 인생 내가 좋으면 된다

자신을 신뢰하지 못하면 자신을 사랑할 수 없다.

If you cannot trust yourself,
you will not love yourself.

- 군터 슐러Gunther Schuller

서구에서 전해 내려오는 창조 설화 중 이러한 이야기가 있다. 인간의 역사가 열릴 때 하늘은 인간에게 지혜를 주어 행복하게 살도록 했다. 그러나 인간은 그 지혜를 남용하여 갈등을 일으켰고 미움은 커지고 점점 더 불안정해졌다. 그래서 천사들은 인간에게 준 행복의 지혜를 되찾아와 몰래 숨겨놓기로 했다. 천사들은 각각 인간이 알지 못하는 비밀스러운 장소를 제시했다.

한 천사가 "행복의 지혜를 큰 산 나무 아래에 깊이 파묻어 두자"라고 하자 누군가 "인간이 땅을 파 행복의 지혜를 꺼낼 수 있으니 아예 깊은 바닷속에다 감추어 두

자"라고 말했다. 또 다른 천사는 "세계에서 제일 높은 산봉우리 위에 갖다 놓자"라고 의견을 제시했다.

그러나 천사들은 교활한 인간이 어떻게 해서든 행복의 지혜를 가져갈 것 같아 쉽게 결정을 내리지 못했다. 이때 천사들의 의견을 들으며 곰곰이 생각하던 대천사가 말했다. "성공의 비결인 행복의 지혜를 인간의 마음 깊숙이 묻어둔다면 남의 것에만 관심이 많은 인간은 결코 찾지 못할 것이다." 모여 있던 천사들이 대천사의 의견에 탄복하며 박수를 보냈다. 그 후로 인간은 행복의 지혜를 찾으려고 바다로 산으로 돌아다녔으나 찾지 못했다.

참행복은 외부에서 주어지는 것이 아니라 자기 마음속에 있다. 성공의 비결이나 행복의 원리는 이미 우리 마음속에 잠재한다. 행복은 오직 내면에 있으며 바로 지금 여기에 존재한다. 어떤 사람들은 너무 많은 기대를 미래에 둔 채 오늘을 희생하며 살았다고 후회한다. 그들은 중년에 이르거나 은퇴한 후에는 권태로운 나날에 괴로워하면서 살아간다.

과거와 미래, 저곳과 그곳은 실제가 아닌 관념의 세계이다. 오직 현재 그리고 이 순간만이 참으로 존재한다. 그래서 너무 많은 기대를 하고 일을 도모하면 뜻대로 안되었을 때 실망이 클 수밖에 없다. 우리의 행복은 어떻게 생각하느냐에 따라 달라진다. 현실을 긍정적으로 받아들이면 행복하지만, 현실을 부정하고 과거에 집착하거나 미래의 일에만 욕심을 부린다면 그만큼 우울해지고 불행해진다.

인간의 욕망은 끝이 없다. 흔히 욕망은 결핍에서 온다고 생각한다. 하지만 욕망 자체가 결핍이다. 프랑스의 정신분석학자 자크 라캉Jacques Lacan은 사람들의 욕망을 한마디로 '타자他者의 욕망에 대한 욕망'이라고 단언했다. 여기에서 '타자'는 언어를 매개체로 한 문화나 다른 사람들과의 일반적 관계를 말한다. 그것은 달리 말하면 다른 사람들이 가지고 싶어 하는 것을 나도 가지고 으스대고 싶은 것이다.

대부분 사람은 "절대적 빈곤은 잘 참을 수 있지만 상대적 빈곤은 참지 못한다"라고 말한다. 다 함께 고생하고 다 함께 배고픈 것은 그럭저럭 견딜 수 있다. 그러나 자신이 누리지 못한 것을 상대방이 누리는 것은 견디기 힘들어한다. 바로 이것이 우리를 불행하게 하는 근본 원인이다.

인간은 가끔, 아니 매우 자주 자신의 존재를 잊어버리고 다른 사람들에게 없는 것을 갖기를 원하고 바라면서 남에게 과시하려고 한다. 남에게 없는 것을 가지고 싶어 하고 그 차이에서 우월감을 느끼고 자기 과시를 한다. 남에게 없는 고급 외제 승용차, 남이 갖지 못하는 고급 보트나 별장, 남이 가질 수 없는 명품 등 사실 그것이 자아의 성숙이나 안정에는 아무런 도움도 되지 않는 것인데도 마치 우리의 본질적 욕망인 것처럼 당연시하며 좇고 있다.

바로 그러한 이유로 우리 자아는 참된 자신의 욕망인 행복과 평안을 찾지 못한다. 남의 욕망을 뒤쫓고 남에게 보여주려고 사는 사람의 인생은 언제나 남에게 매달려 있다.

라캉은 이처럼 타인에게 휘둘리는 '비합리적이며 헛된 욕망'을 정상으로 돌리려면 우리 의식이 결코 보편적이지 않다는 사실을 알아야 한다고 말한다. 여론이든 사람의 의식이든 언제나 올바르지도 영원하지도 않다. 변하기도 하고 틀릴 수도 있다. 물질이든 권력이든 외부에 행복의 잣대를 두지 마라. 내 깊은 내면에 닻을 내리도록 하라.

누가 시켜서 마지못해 하는 일은 재미없다. 그러나 아무리 힘든 일도 자신이 원해서 하면 즐겁다. 인생은 누구에게 잘 보이려고 사는 것이 아니다. 내 인생 내가 좋아서 살고 내 일 내가 좋아서 하면 그것이 행복이다. 누구나 한 번쯤은 부모나 선생님, 주변 어른들과 상관없이 스스로 결단을 내리고는 가슴 벅차오르는 기분을 느껴 보았을 것이다.

자기가 아닌 다른 것에서 행복을 찾는 사람이 얕은 강물과 같다면, 자기 내면에 닻을 내린 사람은 대해大海와 같다. 수심이 얕은 강과 연안 바다는 작은 바람만 불어

도 큰 물결이 일고 해일海溢이 일어나지만, 수심이 깊은 대
해일수록 파도는 표면에서만 일렁일 뿐 저 깊은 심연에
는 태고의 정적이 그대로 존재한다.

이렇듯 자기 내면 깊숙이 닻을 내린 사람은 세상 모든
존재의 기반과 완벽히 조화되며 매 순간 평안을 누릴 수
있다.

행복을 부르는 한마디

내면에 닻을 내려 주변과 조화하고
내가 정말 하고 싶은 일을 하겠다.

먼저 자신을 돌아보라

네 의지의 주인이 돼라. 그러나 네 양심에는 종이 돼라.

Be the master of your will but the servant of your conscience.

- 마크 트웨인Mark Twain

우리 안에서는 두 성향이 싸운다. 사랑과 증오, 용서와 원한, 희망과 절망 등이 싸운다. 만일 우리 마음을 투시하는 기계가 있다면 인간의 마음처럼 변덕스러운 것이 없을 것이다.

기독교에서 성인 중의 성인으로 취급받는 바울도 이러한 고백을 했다. "오호라! 나는 곤고한 사람이로다. 누가 나를 이 사망의 몸에서 건져내랴." 바울은 무엇 때문에 괴로워했을까? 그는 자기 안의 선과 악 때문에 몹시 괴로워했다. 바울은 선이 무엇인지는 물론 그 선대로 살아야 함을 잘 알았지만, 때로는 악을 행하고 싶은 충동에 몸서리쳤을 것이다.

바울은 위대한 사도이며 기독교 진리의 건축가로 추앙받았지만, 정작 자기 안에는 다른 사람들에게 비치는 모습과 달리 추악한 성향이 있음을 괴로워했다. 외부에서 바라보는 나 또는 자신의 기대와 다른 내 모습을 볼 때마다 누구나 자기 자신에 대한 실망감을 감출 수 없다. 남들의 비열함, 사악함을 실컷 비난하다가 자신에게서도 똑같이 이중적인 모습, 순수하지 못하고 교활한 모습을 볼 때는 자신이 싫어지기도 한다.

이처럼 자신에 대한 애증이 교차하면 자기 의도와는 다른 행동을 할 수 있다. 자신의 의도와 의지와는 다른 행동이 자기도 모르게 많아지면 한 사람이 마치 두 사람인 것처럼 행동할 수도 있다. 이것이 일종의 자아 분열 현상이다.

자아 분열은 특이한 사람들만 가지고 있는 것이 아니라 누구에게나 조금씩은 존재한다. 자기 자신에게 실망감이 깊어지고 이중적 행동을 계속하면 자포자기에 이를 수 있다. 미래에 대한 희망을 잃는 것보다 더 절망적인 일은 자신을 포기하는 것이다. 자신을 포기하지 않으려면 먼저 자기 내면의 실체를 알아야 한다.

인간의 참모습은 어떤 모습일까? 우리는 태아로 형성되어 유아로 태어날 때 순수한 상태였으며, 일생을 마치고 다시 그 순수한 상태로 돌아간다.

미국의 정신분석학자 에리히 프롬Erich Fromm은 악의 기원을 인간 발달 과정의 산물로 보았다. 프롬은 선하게 태어난 인간이라도 자연히 악을 선택하는 경향이 있다는 일부 심리학적 견해와 원래부터 인간은 악한 존재로 태어났다는 일부 종교적 견해를 거부한다.

인간이 성장하는 과정을 보면 인간 본성의 선함을 확인할 수 있다. 우리는 무력하게 태어나서 조건 없는 부모의 사랑 속에서 자랐으며, 성장한 다음에도 긍정과 칭찬, 사랑을 자양분으로 삼아 정서가 풍요로워진다.

그럼에도 우리 안에서 선악의 충동이 끊임없이 일어나는 이유는 무엇일까? 선이 조화와 적응이라면 반대로 악은 무한경쟁과 지배욕에서 비롯된다. 조화와 적응의 힘으로 움직이는 자연 상태에서는 모두가 다 선하다. 그러나 사회가 발달하면서 조화 대신 경쟁을, 적응 대신 지배를 선택하게 되었다. 적응하려면 경쟁해야 한다. 그러나 이것은 자연의 섭리를 거스르는 행위다. 자연의 섭리는 관용과 용서의 마음이 클 때 더 잘 적응하고 오래 생존하게 해준다. 생존과 적응의 본성은 너그러움이다.

정신과 의사인 모건 스콧 펙 박사는 너그러움을 '자발의지willingness', 지배욕을 '옹고집willfulness'이라고 했다. 그는 자발의지의 대표적 예로 예수의 의지, 즉 성현들의 의지를 들었고, 옹고집의 대표적 예로 아돌프 히틀러를 들었다.

옹고집은 일종의 악성 나르시시즘으로 잘못을 저지르고도 큰소리치는 교만이다. 우리의 지성은 지배 욕구인 옹고집만 버려도 선한 본성을 고양한다. 옹고집은 자기 시각만 고집하는 것으로 이 세상의 모든 것을 자기 눈높이로 보고, 자기 자신도 자기 눈높이로 측정하며, 자기에 대해 고취되었다가 좌절하기를 반복한다.

우리 삶은 미완성이다. 교만과 옹고집은 현재 자기 상태를 완성품으로 보는 데서 생긴다. 옹고집을 버리면 자기와 다른 사람들, 자연 만물에 대해 열린 시각을 갖게 된다. 자기 내면의 본래 선함이 다시 살아난다.

티베트 불교 지도자 달라이 라마^{Dalai Lama}는 "인간의 근본 마음은 불성佛性이다. 이 불성은 부정적 감정에 물들어 있지 않고 평화로우며 자비를 베풀 수 있는 능력이다"라고 말했다.

사도 바울 역시 내면의 갈등을 고민하다가 다음과 같은 결론으로 인간 본성의 선함을 인정한다. "육신으로는 악한 법을 따르나 마음으로는 선한 법을 따르는 도다."

내면의 본래 선함을 믿고, 너그러운 본성대로 사는 것이야말로 적응과 생존에 최상의 길임을 알면 어떤 경우에도 좌절하지 않고 적응하며 누구와도 조화할 수 있다.

행복을 부르는 한마디

나에게는
너그러움과 이타심이 있다.

지나가 버릴 욕망에 얽매이지 마라

우리가 정복해야 할 대상은 산이 아니라
자기 자신이다.

It is not the mountain we conquer but ourselves.

- 에드먼드 퍼시벌 힐러리 경Sir Edmund Percival Hillary

사람의 욕망은 인생의 주기에 따라 진화하며 문명이 발달함에 따라서도 진화한다. 지금 당신은 어떤 욕망 때문에 몸부림치는가? 욕망이 나이에 따라 문명의 성격에 따라 달라진다는 것을 안다면 욕망에 매달릴 필요가 없다는 사실에 동의할 것이다.

　욕망은 본능이 아니다. 본능은 존재의 시작부터 소멸까지 함께하지만, 욕망은 어느 특정 시점에서 일시적으로 강력하게 출현할 뿐이다.

　사회학자들의 말을 따르면 한 개인의 성장 과정마다

나타나는 욕망의 변천 과정은 다음과 같다. 유아기에는 어머니로 만족한다. 그러다 유년기가 되면 도구, 즉 장난감에 마음을 빼앗긴다. 누가 옆에 있어도 오직 장난감과 대화하며 장난감을 가지고 논다. 사춘기에는 이성에 관심이 쏠리고 간절히 사모하는 이성과 함께할 수 있다면 세상에 더 바랄 것이 없을 듯이 느껴진다.

청년기에는 뭔가 더 새로운 것을 경험하고 채우려는 욕구로 바쁘다가 장년기로 접어들면 사회적 성공을 바라는 욕망을 좇는다. 명예를 위해서는 양심도, 소중한 인격도 버릴 준비가 된 사람처럼 보인다. 60대를 넘어서면 육체적·정신적으로 한계를 느끼면서 먹을거리에 신경 쓰고, 먹는 것 자체를 즐긴다. 이처럼 나이별로 간절히 바라는 욕망은 변한다.

욕망이 불변하는 것이라면 욕망에 얽매이는 것도 괜찮다. 하지만 욕망은 변하니 욕망에 매이는 것처럼 어리석은 일은 없다. 한 가지 욕망에 매달리면 그것이 바로 우상이다. 우상은 헛것이며 헛것에 매달릴 때 사람은 니힐리즘에 빠지며 금세 싫증이 나고 몸도 마음도 지쳐버린다.

욕망은 시대적으로도 변한다. 미래학자 멜린다 데이비스Melinda Davis는 자신의 저서 《욕망의 진화The new culture of desire》에서 가상 세계를 거쳐 생명창조 사회로 가는 미래사회의 욕망은 성과 권력, 명예가 아니라 '세속적 무아경'이라고 했다.

종교적 무아경이 기도나 명상, 금욕, 수도 등이라면 세속적 무아경은 무슨 일에든 완전히 그 일 자체에 빠져 자신을 잊고 자신을 둘러싼 환경을 잠시 잊어버리는 것을 말한다.

이렇게 현대인이 세속적 무아경에 빠지고 싶은 욕망을 가지게 된 까닭은 문명의 패러다임이 완전히 전환하면서 개인을 혼란에 빠뜨리는 정신적 변혁이 일어나기 때문이다. 사람에게 가장 고통스러울 때는 마음의 자세와 태도를 바꿔야 할 때다. 살면서 지금까지 금과옥조처럼 소중하게 여겨오던 가치가 쓰레기처럼 취급받고, 무시했던 가치가 새 시대의 유효한 가치로 떠오를 때 우리는 혼란스러워진다.

바로 지금이 그러한 시대이다. 중심과 변두리가 분명

하고 위계질서가 분명한 가운데 전통을 지키며 살아온 사람들은 세계관의 변화, 가치관의 변화, 즉 패러다임의 변화를 강요받으면서 심적 고통을 겪는다.

모든 욕망은 금기시될 때 더 강해진다. 금기의 빗장이 풀린 욕망은 욕망 목록에서 지워진다. 인류 최대 욕망이었던 성의 은밀성이 성적 자유의 물결 속에서 더 자극적인 사이버 섹스가 가능해지는 시점이 되면 생물학적인 성적 탐닉은 거의 사라질 것이다. 명예욕도 비슷한 과정을 밟을 것이다.

예를 들면, 스타의 반열에 오르기 어렵지만, 한번 스타 자리에 오르면 지속적인 사랑을 받을 수 있는 시절은 이미 과거 이야기가 되어버린다. 분야별로 많은 스타가 탄생했다가 금방 사라지기 때문이다.

이 시대의 새로운 욕망으로 일종의 무아경 상태가 새롭게 등장했다. 세속적 무아경을 추구하면서 어떤 경우에도 정신적으로 상처받지 않고 오히려 순간순간 삶의 희열을 느끼며 잘 적응해 가는 상태를 누리려는 게 그것이다. 덩달아 정신 관리의 기능성 신상품이 쏟아져 나오고 있다. 삼림욕, 향기요법, 명상센터, 해피메이커 약품, 심지어 식료품과 의류 등은 정신적 안정과 함께 마음을 풍요롭게 해준다며 우리를 유혹한다.

이처럼 욕망은 진화한다. 개인의 일생에서도 역사의 흐름에서도 욕망은 진화한다. 지나가 버릴 욕망이라면 얽매이지 말고 흘려보내 인생을 낭비하지 않도록 해야 한다. 그 대신 자연이 우리에게 욕망과 더불어 준 나이에 걸맞은 지혜를 활용하자.

10~23세에는 기억력이 최고조에 이른다. 만일 당신이 청소년기라면 많은 경험과 학습을 하라. 그 경험과 학습이 기억 창고에 저장되어 훗날 명민한 통찰력을 줄 것이다.

30~55세에는 상상력이다. '이 나이에 내가 뭘?'이라며 머뭇거리는 사람이 뜻밖에 많다. 당신이 이 연령대라면 전혀 주저할 필요 없이 새로운 세상을 상상하고 창조할 수 있다는 사실을 명심하라.

50~75세에는 사리와 판단 능력이 완숙해지는 시기이다. 인생의 경륜에서 솟아나는 분별력과 나무보다는 숲을 볼 줄 아는 거시적 안목이 활짝 열리는 나이다. 당신이 이 시기라면 늙었다고 위축될 필요가 없다. 우리가 살면서 늦은 때는 없다. 가장 늦었을 때가 가장 빠른 때임을 잊지 말자.

행복을 부르는 한마디

욕망은 적절히 활용하고
능력은 최대한 발휘하겠다.

나누고 이해할수록 행복해진다

사랑과 달걀은 신선함이 최고다.

Love and eggs are best when they are fresh.

- 러시아 속담

사랑은 양면성이 있다. 사랑은 사람의 얼굴을 빛나게도 하지만 수심으로 물들게도 한다. 사랑은 사람을 부드럽게도 하나 매우 각박하게도 한다. 사랑은 사람에게 한없는 여유를 주기도 하지만 초조해 잠시도 견디기 힘들게도 한다.

사랑하기에 결혼하고 사랑하기에 이혼한다.

사랑이 예수를 십자가에 못 박았다면 사랑한다며 십자군전쟁이 일어났다.

사랑하기 때문에 침묵하고 사랑하기 때문에 폭로한다.

흑인 민권 운동가로 노벨상을 받은 마틴 루서 킹^{Martin} Luther King 목사는 "핵무기로 위협받고 있는 인류의 평화를 위해 가장 시급한 것이 무엇이냐?"라는 질문에 "사랑"이라고 대답했다.

사람은 대부분 어떤 행동을 할 때 그 동기를 '사랑'이라고 말하기를 주저하지 않는다. 이것은 마치 정치인들이 언제나 '국민을 위하여'라는 수사를 앞에 내세우는 것과 같다. 이처럼 우리 주변은 온통 사랑의 말로 가득 차 있다.

그러나 홍수에 먹을 물이 없는 것처럼 사랑이 너무 난무해서 참사랑을 찾기가 어려워졌다. 세상 모든 사람이 간절히 사랑받기를 원한다. 사랑 때문에 울지 않고, 사랑 때문에 불행해지지 않으며, 사랑 때문에 행복해지려면 사랑을 바로 이해해야 한다. 사랑이 넘치는 세상에서 참사랑이 드문 이유는 사랑을 자기 행동의 변명거리로 삼고, 더 나아가 사랑한다면서 사랑하는 대상을 구속하려 하기 때문이다.

참사랑은 이기적이면서 동시에 이타적이다. 사랑은 불

씨와 같다. 나누면 나눌수록 커지는 것이 사랑이다. 참 사랑은 나눌수록 사랑하는 사람도 받는 사람도 행복하다. 사랑은 나누는 것이라는 말에 주목해야 한다. 사랑은 쌓아두는 것이 아니라 나누어주는 것이다. 물질도 나누고, 마음도 나누고, 시간도 나누고, 눈물도 나누고, 웃음도 나눈다.

내가 가지고 있는 것을 상대방에게 주고, 상대방이 준 것을 받아들임으로써 나는 또 다른 나로 태어난다. 참 사랑은 두 가지 효과를 발휘한다. 사랑을 나누면 독립된 너와 내가 온 우주와 함께 있음을 알고, 또 사랑으로 한없이 큰 우주를 각자 일정 부분 차지하고 있음을 알게 된다.

사랑은 분산이다. 우리는 오랫동안 사랑을 집합과 결합으로 오해했다. 자기중심적 세계관을 가진 사람들은 자기감정을 상대방에게 이입하려고만 한다. 이러한 사람은 상대방이 자신만을 위해 존재하기를 바란다.

사랑을 받아보지 못한 사람이 남을 쉽게 사랑할 줄 모르고, 용서받아 보지 못한 사람이 남을 쉽게 용서하지 못한다고 한다. 하지만 이보다 더 심각한 것은 사랑만 받고 자란 사람, 용서만 받고 자란 사람이다. 그들은 사랑도, 용서도 할 줄 모를 뿐 아니라 다른 사람을 자신과 같은 사람으로 만들려고 한다.

이런 사람은 늘 타인을 자기 연장선상에서 보며 타인의 기분을 이해하려 하기보다는 자기 기분을 상대방에게 강요하려고 한다. 이러한 사랑은 상대를 곧 지치게 한다.

참사랑은 다른 사람을 나와 같은 사람으로 만들기보다 있는 그대로 존중하고 그의 감정을 받아들이려고 노력하면 자연히 자라난다.

행복을 부르는 한마디

내 사랑만 주장하기보다
상대방을 존중하고
그 모습 그대로를 받아들여야겠다.

고요한 마음

바람이 없으면 풍랑도 없다.

No wind, no waves.

- 중국 속담

인위적인 소리는 소음이지만 자연의 소리는 화음이다. 음량의 크고 작음은 문제가 되지 않는다. 귀뚜라미 우는 소리, 새들 지저귀는 소리, 산사의 대나무 잎이 바람에 스치는 소리에서 거대한 물줄기가 절벽 아래로 떨어지면서 내는 큰 소리까지 어느 것 하나 우리의 신경과 조화를 이루지 못할 것이 없다.

조화가 없으면 마음의 고요도 없다. 불협화음이 생겨 고요함은 줄어들고 다툼과 번민이 발생한다. 우리는 자연에서 와서 자연으로 돌아간다. '자연으로 돌아가기'는 꼭 육체가 자연으로 돌아간다는 뜻만은 아니다. 자연으로 돌아가서도 고요하지 못하고 고뇌와 번민에 시달릴 수도 있다. 자연의 웅장함과 조화로움, 평안, 신비로움에 주의를 집중할 수 있을 때 비로소 진정한 '자연으로 돌아가기'를 실현한 것이다.

내가 다닌 초등학교는 작은 읍에 있었다. 집과 학교는 꽤 먼 거리였다. 학교에서 집으로 돌아갈 때쯤이면 서산 너머로 넘어가는 노을이 온 세상을 붉게 물들이던 그 장엄한 광경에 압도당했던 기억이 아직도 생생하다.

산 정상에 올라가 그 산 아래 펼쳐지는 거대한 산줄기들을 본 적이 있는가? 그때 우리는 현존한다. 과거와 미래에 알던 지식, 걱정과 자부심, 증오와 애착, 이 모두가 다 한순간에 발아래로 떨어져 내려간다. 현존은 마음의 정지停止다. 좋고 나쁨이 없으며 그대로 고요하다.

한 기자가 독일 태생의 물리학자 알베르트 아인슈타인Albert Einstein에게 "인생이 무엇입니까?"라고 묻자 그는 "a=x+y+z"라고 대답했다. 아인슈타인은 어리둥절해하는 기자에게 인생 방정식을 다음과 같이 설명해 주었다.

"a가 인생의 성공이라면 x는 일이고 y는 즐기는 것입니다."

"그럼 z는 무엇이죠?" 기자가 되물었다.

"z는 침묵이며 고요한 마음입니다."

침묵은 초연하고 흐트러지지 않는 마음이다. 마음의 고요는 외부의 일을 신경 쓰지 않을 때 생긴다. 내가 아닌 외부에서 일어나는 문제들은 반응을 보이면 보일수록 마음속에 큰 파장을 일으키지만, 조용히 바라보면 아무런 동요도 일어나지 않는다. 다시 말하면, 마음의 고요는 외부의 모든 소리 속에 흐르는 침묵을 들을 줄 알면 생겨난다.

지금 있는 곳이 도심지라면 자동차 소리, 아이들 떠드는 소리, 물건 파는 소리에 귀를 기울여 보자. 만일 산중에 있으면 풀벌레 노랫소리, 바람 소리에 귀를 기울이자. 내가 귀를 기울여 듣고 있는 모든 소리의 배경에는 깊은 침묵이 흐르고 있다. 모든 소리는 일어났다가 사라진다. 모든 소리는 침묵에서 생기生起하여 침묵 속으로 소멸한다.

모든 소리의 배경에 깔린 침묵, 모든 소리를 존재하게 하는 침묵에 귀를 기울이면 모든 소리에 무심해질 수 있다. 이렇게 여러 소리와 사건의 틈에서 무성無聲을 의식하기 시작하면 우리 마음은 비로소 고요함을 누리게 된다.

행복을 부르는 한마디

외부 소리에 귀 기울이지 않고
소리에 흐르는 침묵에 귀 기울여
평정을 찾겠다.

2장

당당한
내가
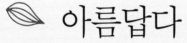
아름답다

남과 비교하지 마라 / 내가 모르는 나는 없다 / 징크스는 없다 / 약할 그때 곧 강하다 / 감정의 소용돌이에 휘말리지 마라 / 나는 행복한 사람이다 / 약한 사람도 감싸안아라 / 웃음은 최상의 명약이다 / 좋은 생각만으로도 마음의 독이 빠진다 / 외로움도 즐기자 / 안 되는 일에 마음 쓰지 마라 / 일이 바쁜 게 아니라 마음만 바쁘다

남과 비교하지 마라

누군가 당신의 결점을 말하면 언제나 기억하라.
그 결점이 당신의 전부는 아니라는 것을.

If a friend tell thee a fault, imagine always
that tell thee not the whole.

- 토머스 풀러 Thomas Fuller

나는 나이다. 이 세상의 누구도 나와 같은 사람은 없다. 비록 쌍둥이일지라도 비슷할 수는 있어도 나와 똑같지는 않다.

　자아에는 나와 다른 사람이 같이 아는 나, 내가 아닌 다른 사람이 아는 나, 내가 보는 나 그리고 참나 네 종류가 있다.
　먼저, 나와 다른 사람이 같이 아는 나는 일반적으로 외부에 드러나 쉽게 관찰할 수 있어 나와 다른 사람이 다 아는 내 모습이다.

다음, 다른 사람이 아는 나는 내가 그들에게 보여주는 것만큼만 보이는 내 모습이다.

내가 보는 나는 나만 알고 싶어 하는 내 모습으로 다른 사람에게 드러내 보이고 싶지 않은 모습이다. 이러한 나는 다른 사람이 나를 바라보는 것과 내가 경험하는 삶에서 형성된다. 이것은 때로는 과대평가되기도 하고 때로는 과소평가되기도 한다. 따라서 내가 보는 나, 즉 자화상은 얼마든지 왜곡될 수 있다.

자화상이 왜곡되면 참나를 나타내며 살 수 없다. 참나의 모습은 자기가 발견하는 것이다. 얼마나 많은 사람이 자신의 참능력과 진가를 발휘하지 못하고 인생을 마감하는지 모른다. 환경 오염이나 빈부 격차, 문명의 충돌이 우리 시대의 최대 비극이 아니다. 사람들이 참나를 발견하지 못하고 세월을 허비하는 게 비극이다.

《성경》에 나오는 달란트의 비유도 참나를 발견하지 못한 채 인생을 허비한 사람들 이야기다. 어느 부자가 외국으로 여행을 떠나면서 세 종에게 각각 다섯 달란트, 두 달란트, 한 달란트씩 맡겨 놓았다. 이 중 다섯 달란트,

두 달란트를 맡은 사람은 열심히 장사하여 그만큼 남겼는데 나머지 한 사람은 땅속 깊이 묻어 녹이 슬어버렸다.

여행에서 돌아온 주인은 땅속 깊이 묻어둔 한 사람을 심하게 꾸짖었다. 이 달란트의 비유는 성공학이 아니라 행복론이다. 달란트의 비유가 말하고자 하는 행복은 남이 얼마를 가졌는지 관심을 두지 않으며 참나를 발견하여 참나의 모든 자원을 개발해 사용하는 데 있다.

다른 사람이 보는 나, 즉 상대적 부유, 상대적 빈곤, 상대적 우월, 상대적 열등감에 관심을 쏟지 않고 참나를 발견하는 데 쏟아야 한다.

'참나'는 자신도 모르고 다른 사람도 모르는 내면의 나이다. 이 참나는 다른 사람이 보는 나, 자기가 보는 나에 구속되지 않는다. 따라서 참나는 내 모든 것을 수용하면서 내가 아는 나로 들어온다. 자기 외모를 있는 그대로 받아들이고 과거에 얽매이지 않으며 자기 주변 여건을 받아들이면서 참나를 발견해 간다.

내 과거도 현재도 모두 나이다. 내 안의 미움, 사랑, 분노도 내 것이며, 희망과 용기도 내 것이다. 나는 철저히 나여야만 한다. 그때 비로소 나는 참다운 주인으로 내게 당당할 뿐만 아니라 어디에서나 당당하게 설 수 있다. 앙투안 드 생텍쥐페리Antoine De Saint-Exupéry는 이렇게 말했다. "누구든지 자기 스스로 자기를 인정하기만 한다면 그는 이미 충분히 가치 있는 존재이다."

누구와도 자기 자신을 비교하지 않는 마음을 가질 때, 지금 모습 그대로를 사랑하고 타인의 평가를 신경 쓰지 않고 만족할 때 당당한 사람으로 살 수 있다.

'작은 영웅'이라 불리는 프랑스의 나폴레옹 보나파르트Napoléon Bonaparte는 키가 작아 어릴 적부터 외모에 불만이 많았다. 그는 상대적 비교 의식 속에서 정복욕을 불태워 많은 나라를 정복했지만, 그의 마음속에는 만족함이 없었다. 그런 그는 인생을 회상하며 이렇게 말했다. "내 인생에서 행복한 날은 단 6일뿐이었다." 반면에 시각·청각 장애를 안고 살았던 헬렌 켈러Helen Keller는 남들과 비교하기보다는 자기 내면에 있는 참나를 발견해 누구보다 만족스러운 삶을 살았다. 그녀는 이렇게 말했다. "내 인생의 모든 날이 행복한 날이었다."

남과 자기를 비교하면 어느 경우에도 만족할 수 없다. 그러나 삼중 장애가 있던 헬렌 켈러는 절대로 남들과 자기를 비교하지 않고 자기 내면에 있는 참나를 발견해 누구보다 만족한 삶을 살았다.

행복을 부르는 한마디

세상에는 나와 같은 사람이 없다.
나는 나다. 참나를 발견해
가치 있는 존재로 남자!

내가 모르는 나는 없다

자기 마음을 다스리는 자가
성을 빼앗는 자보다 낫다.
Better a man who controls his temper than one
who takes a city.

- 솔로몬Solomon

공자孔子는 자기 자신과 마음을 분리해서 볼 줄 아는 성현이었다. 인간의 의식, 즉 마음은 이성과 감성, 의지로 구성되어 있다. 팔과 다리를 움직이면 머리도 좋아지고 육체도 건강해진다. 두뇌 활동도 잘하면 팔과 다리 역시 건강해진다.

　육체를 내 마음대로 움직일 수 있듯이 마음도 내 의지대로 움직일 수 있어야 한다. 감성이 병들었으면 이성으로 치유하고, 이성이 메말랐으면 감성으로 달래고, 의지가 박약하면 감성이나 이성으로 북돋워야 한다. 마음도 육체처럼 내 의지대로 고치고 바꿀 수 있는 사람이야말로 마음 관리의 달인이다.

공자는 사람을 마부삼품론馬夫三品論에 비유해 세 부류로 나누었다. 여기에서 마부는 자기 자신이며, 말은 자기 마음이다. 그러면 세 마부가 어떻게 자기 말을 관리하는지 살펴보자.

하품下品 마부는 수레에 짐이 넘쳐날 정도로 욕심껏 가득 싣는다. 또 그 짐이 하나라도 땅에 떨어질까 봐 조바심을 내며 말을 채찍질한다. 혹 말이 좋은 길로 가려고 해도 무조건 앞으로만 내달리라고 채찍질한다. 말은 달리면서 이렇게 생각한다. '달리자, 달리자. 안 달리면 주인이 날 죽일 것이다.' 말은 거친 들이든 아무 길이든, 주인이 다치든 짐이 어떻게 되든 미친 듯이 그냥 앞을 향해 달렸다. 하품 마부는 욕망의 노예일 뿐이다. 욕망과 감정을 주체하지 못하고 마부와 말은 모두 노예가 되어 있다.

중품中品 마부는 말을 자기 짐을 나르는 소중한 재산으로 여기고 여러 가지 기준을 세워 관리하고 보호한다. 말

역시 주인의 뜻을 잘 알고 주인이 세운 기준에 따라 정중히 주인을 모시며 이렇게 생각한다. '잘 달리자. 주인은 날 늘 바르게 다뤄주신다.' 중품 마부는 원칙과 이성의 노예이다. 마부와 말은 원칙에 따라 뛰고 있다.

상품上品 마부는 말을 사랑해 말의 기분을 올려주며 탁월한 솜씨로 말을 몬다. 말은 짐이 가득 실린 수레와 등에 타고 있는 마부를 오히려 가볍게 느끼며 신나게 달린다. 이 말도 주인을 사랑한다. 말은 이렇게 생각한다. '아, 신난다! 주인을 모시고 달리는 일이여!' 상품 마부야말로 진정한 주인이다.

우리는 마음이라는 말을 잘 다스려야 한다. 하품 마부처럼 마음, 즉 자기 인품을 함부로 다루고 혹사하면 쉽게 거칠어져 도道를 잃어버리고 어디로 튈지 모르는 럭비공과 같아진다. 중품 마부는 말을 관리하는 기준은 잘 세운다. 하지만 스스로 정한 기준이 무너지거나 그 기준에서 벗어나면 정신적 공황을 느끼며 불안해한다.

참다운 행복은 상품 마부가 말을 사랑하는 것처럼 마음을 잘 관리하는 데 있다. 어떻게 하면 마부와 말이 혼

연일체가 되어 신바람 나게 달리는 상품 마부와 같은 사람이 될 수 있을까? 하품 마부처럼 욕망 때문에 자기 마음을 어지럽혀서는 안 되고, 중품 마부처럼 율법적이거나 양보할 수 없는 윤리적 기준 등을 세워서 자기 마음을 옭아매서도 안 된다.

마치 상품 마부가 그랬듯이 오직 진심으로 자기 자신을 사랑하고 타인을 사랑하며 하는 일을 사랑해야 한다. 사랑으로 욕망을 제어하고 다스리며 '사랑'이라는 렌즈로 이성이나 윤리, 도덕, 종교를 해석하면서 융통성 있게 행동해야 한다. 마음을 잘 다스리는 사람은 인생을 두려워하거나 욕심을 부려 마음을 혹사하지 않고 귀가 얇아 그릇된 가르침에 마음을 빼앗길 염려도 없다. 오직 자기와 평생 함께할 큰 보배인 마음을 잘 보살핀다. 그럴 때 자기 인생의 주인공으로 살아갈 수 있다.

자기 마음을 잘 관리하는 사람은 좋은 일이 생기면 맘껏 기뻐하고, 안타까운 일에는 진심으로 슬퍼한다. 그러나 감당하지 못할 만큼 지나치게 기뻐하거나 슬퍼하지 않는다. 일할 때 일하고, 쉴 때 쉰다. 시간을 효율적으로 사용한다.

이제 다음과 같은 말을 던져버려라.
"내 마음 나도 몰라."
"내 마음 나도 어쩔 수 없어."
"나도 모르게 험한 말이 나오고 주먹이 나갔어."
"뭐에 씌었었나 봐."
내 삶의 주인으로 산다는 것은 마음을 의지대로 통제하고 방향을 정하는 능동적 인간이 되는 것이다.

행복을 부르는 한마디

세상이 나를 흔들도록
내버려두지 않고
내가 세상을 움직이겠다.

징크스는 없다

미래를 두려워하지 말고 지나간 일 때문에 슬퍼하지
마라.

Fear not for the future, Weep not for the past.

- 퍼시 비시 셸리^{Percy Bysshe Shelley}

징크스는 습관이 아니다. 물론 습관 중에는 미신적 요소가 징크스가 되는 예도 있으나 습관이 징크스는 아니다. 하지만 습관에 얽매이면 그 습관이 징크스가 되기도 한다. 특히 나쁜 습관은 그 자체가 징크스가 되든지 아니면 다른 형태의 행동을 징크스로 만든다. 그 원인은 나쁜 습관은 곧 마음에 불안을 일으키고, 그 불안이 불길한 전조를 연상하도록 하기 때문이다. 따라서 나쁜 습관은 버려야 한다.

나쁜 습관은 징크스를 일으키는 것 말고도 여러 가지 문제를 불러온다. 미국의 한 가정상담소에서는 이혼한 부부들의 가정생활 습관을 조사했다. 조사 결과 서로 배우자를 배려하지 않는 사소한 습관이 싸움으로 번져 결국 헤어지는 부부가 많았다. 예를 들면, 화장실에서 남편이 소변을 본 다음 변기 뚜껑을 잘 닫고 물을 내리는 집이 이혼율이 훨씬 낮았다.

누구나 징크스에 끌려다니는 한 자유롭게 자기 의사를 드러내기가 어렵다. 예를 들면, 아침에 면도하다가 면도날로 얼굴을 살짝 베었다. 그러면 그날은 분명히 안 좋은 일이 생길 거라고 생각한다. 아침부터 아내와 아이들에게 아무 말도 하지 않고 회사에 출근해서도 될 수 있으면 말을 삼가다 보니 정작 해야 할 말도 하지 못하고 하루를 보낸다. 잘못된 생각이 불러온 징크스가 하루를 망친 셈이다.

어느 날 한 주부가 이러한 하소연을 했다. 그녀는 어느 날 밤 문득 하늘을 올려다보았는데 초승달이 걸려 있는 것을 본 순간 불길한 생각에 가슴이 철렁 내려앉았다는 것이다. 그것은 언젠가 친구에게서 "초저녁에 초승달을 보면 재수가 없다"라는 말을 들은 뒤 생긴 징크스이다.

2002년 월드컵 축구가 한창 진행될 때 어떤 아주머니는 자기가 중계 장면을 보면서 응원하는 팀이 꼭 지는 징크스가 있다고 했다. 그래서 그 아주머니는 다른 사람들과 함께 축구 중계 실황을 직접 보지 못하고 문밖에서 소리만 들으며 응원했다고 한다.

다른 사람도 아닌 자기 자신에게 그렇게 점을 치니 자기 자신을 얼마만큼 옭아매는 것인가? 그렇다면 징크스는 어떻게 깨야 할까? 먼저 잘못된 습관을 구체적으로 적어보고 하나하나 고치도록 한다. 타성에 젖어 있으면 사고의 유연성이 떨어져 창의적 발상이 잘 떠오르지 않는다. 특히 나이가 들수록 습관에 의존하는 경우가 많아지는데, 될 수 있으면 습관이 아닌 자기 결단으로 행동하려고 노력하는 것이 좋다.

늘 다니던 길 말고 다른 길로 다녀보자. 세상은 넓고 경험해야 할 일은 많다. 습관에 얽매여 지내기에는 인생이 너무 짧고, 보고 느낄 수 있는 자연은 무한하다. 비가 올 때 태어난 하루살이는 세상에는 내내 비만 내리는 줄 알고 죽어 간다. 습관의 종류가 많으면 많을수록, 습관처럼 보내는 시간이 많으면 많을수록 자기 경험의 동굴에서 편견과 아집에 빠져 징크스에 사로잡힐 위험성이 크다. 징크스는 습관에 빠져 지내는 사람은 옭아맬 수 있지만, 습관의 주인을 다스리는 사람에게서는 바람처럼 슬그머니 빠져 달아나 버린다.

한 가지 생각에 너무 얽매이지 않도록 유의해야 한다. 한 가지 생각에만 집중하면 할수록 그 생각이 더 커져 심한 심리적 압박을 받는다. 물이 흐르지 않고 고이면 혼탁해지듯이 생각도 멈추지 않고 흘러야 한다. 무엇인가를 연구하고 찾으려고 일부러 집중하는 생각은 나름대로 가치가 있지만, 잊어버리려고 해도 자꾸 떠오르는 상념은 곧 강박증이며 아무 쓸모 없는 생각이다.

건강한 마음은 자유자재로 부정적 이미지와 생각을 지워버린다. 강박증과 이로써 생겨나는 징크스는 다 후천적이면서 학습에서 비롯한 것이다. 징크스에 빠지려고 할 때마다 지금 내 상태는 매우 평화롭다고 되뇌어라. 즉, 외부 환경은 언제나 중립적이다. 그 외적 조건에 의미를 부여하는 것이 곧 생각이다. 똑같은 상황에서도 전혀 다른 반응을 보이는 이유가 바로 그 때문이다.

하늘의 초승달을 보고 어떤 사람은 아름다운 연인을 생각하며 행복해지는데, 왜 누군가는 불길한 생각에 빠져들겠는가. 이처럼 징크스는 생각의 습관일 뿐이며, 이 생각은 단지 현실이 아니고 허상이라는 사실을 이해하면 징크스는 힘을 잃는다. 지금 내가 징크스에 휘둘린다면 한바탕 시원한 웃음으로 징크스를 날려버리자.

행복을 부르는 한마디

나는 사물을
있는 그대로만
바라보겠다.

약할 그때 곧 강하다

사람들은 쓸모 있는 것만 알고 쓸모없음이
쓸모 있음을 알지 못한다.
人皆知有用之用, 而莫知無用之用也.

- 장자莊子

장자가 산길을 걸어가는데 나무꾼이 아름드리나무를 열심히 베면서도 나뭇잎이 우거진 한 나무만은 베지 않았다. 이것을 궁금히 여긴 장자가 그 까닭을 묻자 나무꾼이 대수롭지 않다는 듯 대답했다.

　"이 나무는 옹이가 박혀 있어서 잘라봐야 아무 데도 쓸모가 없어요. 그런 나무를 뭐 하러 벱니까?"

　장자는 그 말을 듣고는 크게 깨달았다.

　"이 나무는 근본이 좋지 못한 탓으로 오히려 제 수명을 다 누리는구나."

　쓸모없는 것들의 쓸모 있음인 '무용지용無用之用' 사상은 현대에 와서 더욱 주목받고 있다. 산을 보라. 푸른 산은 '쓸모없는' 나무들이 지키고 있다. 쓸 만한 나무는 다 베어다가 재목으로 쓰고 정원에 옮겨 심는다. 지구의 허파인 산은 '쓸모없는' 나무가 지키며, 바다의 허파인 해안선은 벼도 심지 못하고 건물도 지을 수 없다는 갯벌이 지키고 있다.

과연 우리가 구별 짓고 있는 유용·무용의 가치는 타당한가? 사람들은 쓸모 있고 없고의 기준을 지금 눈앞의 이익에 둔다. 당장 이익이 되면 쓸모 있고, 별 도움이 안 될 것 같으면 쓸모없다고 단정 지어버린다. 조금만 멀리 내다본다면 쓸모없는 것은 아무것도 없다. 오히려 쓸모없다고 여겨지던 것들이 더 귀중한 자원이 된다.

산업사회에서는 중후장대重厚長大가 최고였다면, 정보사회에서는 경박단소輕薄短小가 점점 더 그 가치를 인정받고 있다. 작고 약한 것들이 유연해서 변화에 잘 대처하며 새롭게 도약할 수 있다. 의지할 데가 없을 때 사람은 더욱더 강해진다. 따라서 내면이 강해지면 어떤 악조건과 환경에서도 이겨낼 수 있다. 우리 내면은 약하고 보잘것없을 때 한없이 강해진다.

스물다섯 살이 된 한 여자가 카운슬러에게 자기 불만을 담은 편지를 보냈다.

"저는 불행합니다. 제 방도 없고 부모님은 매사에 간섭하며 나를 믿어주지도 않습니다. 좋은 옷도 없고 청혼하는 남자도 없습니다. 제 장래는 암담합니다."

신문에 나온 이 편지를 읽고 열세 살 먹은 지체부자유 소녀가 투고했다.

"나는 걷지 못합니다. 보고 말하고 걸을 수 있다는 것은 정말 큰 행복입니다. 나는 걷지는 못 하지만 보고 듣고 말하는 것만으로도 불행하지 않습니다."

약할 때 순수한 마음으로 감사할 수 있다. 내가 살아 있고 존재하는 것만으로도 충분히 감사한다. 자기 장점에만 우쭐거리지 말고 약점에도 감사하라. 그 약점으로 내가 겸손할 수 있고, 약한 이웃을 사랑할 수 있다. 칭찬받을 때만 기뻐하지 말고 비난받을 때도 감사하라. 비난이 있기에 스스로 행동을 자제할 수 있고 타인을 존중하는 법을 배울 수 있다.

"내가 약할 그때 곧 강하다." 성서에 나오는 바울이 입 버릇처럼 했던 말이다. 약하고 작고 볼품없으므로 더 분발할 수 있다. 작고 외롭기에 육체와 물질이 아닌 순수한 내면의 힘으로 세상을 바라볼 수 있다.

역사상 가장 위대한 시인인 존 밀턴^{John Milton}은 시각장애인이었다. 베토벤은 귀가 먹어 천둥소리도 듣지 못했다. 알렉산더 대왕은 척추 장애인이었다. 기독교를 세계 종교로 만든 사도 바울은 작은 키에 고질병을 앓았다. 넬슨 제독과 만델라는 키가 작았다. 에디슨은 여덟 살 때 청력을 잃었으며, 셰익스피어는 발을 절었다.

행복을 부르는 한마디

나에게 쓸모없는 것은 없다.

감정의 소용돌이에 휘말리지 마라

두려움, 열망, 소원을 통제할 수 있는 사람은 황제보다
탁월한 사람이다.

He who reigns within himself and rules his passions,
desires, and fears is more than a king.

- 존 밀턴 John Milton

감정이 행동을 유발하는가? 아니면 행동이 감정을 유발하는가? 둘 다 맞는 말이다. 화가 나면 사나운 행동을 할 것이며 사나운 행동을 하면 점점 더 사나워질 것이다. 이처럼 행동에 따라 좋지 않은 감정이 지속되고 반복되면서 성품이 굳는다. 감정이 나빠질 때마다 같은 방식으로 감정을 해결하려 할 테고 점점 그 강도도 높아질 것이다.

　화든 탐욕이든 어떤 욕구라도 다 마찬가지다. 감정은 자연스러운 현상이지만 그 감정을 어떤 식으로 해결하느냐가 중요하다. 해결 방식에 따라 인생이 달라질 수 있다.

　감정이 행동을 유발하기는 하지만 행동이 감정을 다

스릴 수 있어야 한다. 특히 스트레스를 일으키고 불쾌한 후유증이 있는 감정은 우리를 더욱더 무기력하게 만든다. 그것을 막는 유일한 방법은 감정에 따라 충동적 행동을 하지 않는 것이다.

화가 나거나 스트레스를 받아 예민해질 때 자신에게 이렇게 말하라. "이건 아무것도 아니야." "나는 마음이 평안해." 주변의 자극에 휩쓸려 반응을 보이기보다는 의지적으로 반응을 조절하라. 만일 고약한 친구가 옆에 있다고 하자. 그 고약한 친구는 당신이 분노하는 지점과 당신의 어느 부분을 건드리면 폭발하는지를 잘 알고서 자꾸 당신을 건드린다. 그때 무반응으로 응대하라. 오히려 웃음을 지어 보여라. 그 웃음은 당신의 고약한 친구를 머쓱하게 하고, 당신 자신을 더욱 자랑스럽게 만들 것이다. 나아가 당신은 다른 사람의 행동이나 주변 상황에 휩쓸리지 않는 자유로운 존재가 될 것이다. 이런 결단은 자주 내릴수록 좋다.

우리는 감정을 본래 것으로 알고 그것을 통제하는 데

주저한다. 그러나 감정은 본래 것도 선천적인 것도 아니다. 혹 유전적으로 어느 특정 감정에 크게 지배될 수는 있지만, 그것도 내가 어떻게 반응하느냐에 따라 달라진다. 다음은 카를 융Carl Jung의 이론을 참조해 만든 감성의 진행도이다.

감정의 악순환	승화
복수 ⇐ 증오 ➡	침묵 ⇨ 이해
서두름 ⇐ 불안 ➡	신뢰 ⇨ 통찰력
고집 ⇐ 모멸감 ➡	자아 성찰 ⇨ 여유
폭력 ⇐ 흥분 ➡	배려 ⇨ 주체적
방종 ⇐ 성욕 ➡	절제 ⇨ 창조력

누구나 증오, 불안, 모멸감, 흥분, 성욕이 있지만 그 감정을 어느 방향으로 이끌고 가느냐에 따라서 악순환의 굴레에 빠질 수도 있고 그렇지 않을 수도 있다. 도표의 왼쪽은 악순환의 굴레에서 벗어나지 못하는 모습이다. 외부의 혼란을 있는 그대로 받아들이면 쉽게 흥분하고 불안해하고 당황한 나머지 고집을 부려 일을 더 힘들게 만든다.

우리 안에 여러 감정이 치솟을 때 이 도표처럼 오른쪽으로 행동하면 점차 안정을 찾게 되고 타인의 처지를 충분히 배려하며 전체를 통찰하는 여유를 갖게 된다.

여러 감정상태 중 성욕을 예로 들어보자. 성욕은 잠재적 에너지가 강한 사람일수록 크다. 영웅이 색을 밝힌다는 말도 그 때문이다. 성욕은 필요하지만 무분별하게 남용하면 무궁무진한 잠재력이 성욕으로 소진되어 버린다. 반대로 성욕을 절제하면 엄청난 창조력을 발휘할 수 있다.

당신은 어느 쪽인가? 외부에서 자극받았을 때 감정대로 행동하는 사람들은 왼쪽 감정을 잘 드러낼 것이다.

반면 자극에 무조건 반응하지 않고 자기 의지로 승화하는 사람들은 오른쪽 감정을 드러낼 것이다. 자극을 받았을 때 감정을 곧바로 표출하지 말고 결단으로 감정을 흘러가게 하라. 결단은 자주 할수록 좋다. 마치 신체의 특정 근육을 강화하려면 그 부위를 자주 사용하면 되듯이 자극에 무조건 반응하기보다는 수시로 결단해서 감정을 잘 조절하고 활력 넘치는 삶을 살자.

행복을 부르는 한마디

나는 감정의 악순환에
나를 가두지 않겠다.

나는 행복한 사람이다

나는 늘 큰 행운이 있다고 믿는다. 그것을 믿으면
믿을수록 나는 더 열심히 일하게 된다.
I'm a great believer in luck, and I find the harder I
work the more I have it.

- 토머스 제퍼슨Thomas Jefferson

우리에게는 육체적 아픔 못지않게 정신적 아픔도 크다. 반복된 실패 경험과 무시당한 자아의 기억 등이 자기 자신을 초라한 사람, 심지어 재수 없는 사람으로까지 여기게 한다. 이러한 정신적 상흔이 자신의 족쇄가 되어 앞길을 가로막고 행복을 빼앗아 간다. 정신의 상흔을 치유할 수 있도록 자신에게 주술을 걸자.

　권투 역사상 가장 뛰어난 선수로 평가받는 무하마드 알리Muhammad Ali도 이 주술을 이용했다. 그는 흑인 슬럼가에서 태어나 수많은 멸시와 냉대를 겪었다. 심지어 권투 선수가 된 후에도 기자들이 자신을 비웃자 알리는 이렇게 응수했다.

"나는 최고의 권투 선수다."

그의 말대로 그는 챔피언이 되었고, 나중에는 링에 오르기 전에 상대 선수를 몇 회에 쓰러트리겠노라고 장담했다. 대부분 경기에서 그의 장담은 실현되었다.

내 잠재의식이 다른 사람들 말에 이끌려 가지 않도록 해야 한다. 자신에게 관대하고 자신을 칭찬하며 믿어주면 잠재하던 능력이 꿈틀거리며 살아난다.

당신은 자신의 이미지를 어떻게 그리는가? 혹시 자신을 실패자, 낙오자, 무기력한 사람, 초라한 사람으로 보지는 않는가? 마음속에 있는 자기 이미지를 바꿔보라.

영국의 주교 토머스 풀러Thomas Fuller는 청중에게 이렇게 설교했다.

"친구가 그대의 한 가지 결점을 지적하면 그것이 전부가 아니라는 사실을 명심하라."

자기 자신도 자신을 다 알지 못하는데 친구가 몇 마디로 자기 약점을 지적했다고 해서 그것으로 자신을 단정해서는 안 된다. 그럴 때는 결점에 주목하지 말고 장점에 주목하라.

자신에게 다음과 같은 말을 자주 건네는 것이 좋다.
'나는 행복한 사람이다.'
'나는 이 세상에 하나밖에 없는 특별한 존재다.'
'나는 중요한 사람이다.'
'나는 이 세상에 정말 필요한 존재다.'
'나는 책임감 있는 사람이다.'
'나는 지금 너무 평안하다.'
'내가 하는 모든 일은 다 조화롭게 이루어진다.'
'내 앞에 있는 문제를 해결할 능력이 내게는 충분하다.'
'나는 부드럽고 상냥하다.'
'사람들은 정말 나를 좋아한다.'
'나는 정말 나를 사랑한다.'
'누가 뭐라고 해도 나는 복받은 사람이다.'

자기 자신에게 행복한 사람이라고 자꾸 암시하다 보면 어느덧 초라한 모습은 사라지고 당당함이 자연스럽게 드러날 것이다. 자신이 무슨 말을 하느냐에 따라 자아 이미지가 결정된다. 그 이미지가 당신을 움직이기에 자신에게 행복한 이야기를 자주 하는 편이 좋다. 진정 행복한 사람은 자기 행복을 다른 사람에게 전염시킨다.

이스라엘의 사해는 요르단강과 다른 작은 시냇가로부터 계속 흘러들어오기만 하고 흘러나가지는 않는다. 그래서 불순물이 정화되지 못한 데다 물이 증발하기 때문에 짜디짠 소금으로 침전되어 그 농도가 어떤 미생물도 살지 못하는 죽은 바다가 되어버렸다.

사실 우리가 행복한 사람이 되어야 하는 이유는 단 하나다. 내 행복을 다른 사람에게도 나눠주는 사람이 되려는 것이다. 즉, 행복의 종착지가 아니라 정류장이 되고자 함이다.

존경하는 은사님의 집에 간 적이 있다. 그의 서재에는 다음과 같은 글이 걸려 있었다. '내가 너의 축복이 되기를.' 은사님은 어느 순간, 인간은 서로 의지하고 살아야 하는 존재인데 아무도 돌아보지 않고 살아온 당신 삶이 너무 부끄럽다고 하셨다. 그때부터 은사님은 여생을 타인의 축복이 되어 주는 사람으로 살겠다고 다짐하고 그렇게 노력하셨다.

우리가 무심코 내뱉은 말에는 저주의 말도 많다. 영어에는 하나님 이름으로 저주를 기원하는 말도 많다. 모두에게 축복의 근원이어야 할 신의 이름조차 저주를 담을 만큼 우리는 다른 사람들에게 저주를 내리는 데 익숙하다. 저주는 저주를 불러오고 저주하는 자신까지 저주받게 한다. '내가 너의 축복이 되기를'이라고 말하는 것은 자신에게 복된 사람이라고 말하는 것보다 더 큰 복을 불러온다.

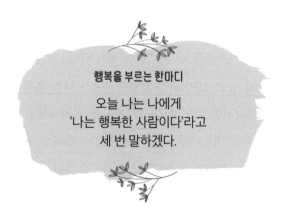

행복을 부르는 한마디

오늘 나는 나에게
'나는 행복한 사람이다'라고
세 번 말하겠다.

약한 사람도 감싸안아라

책을 표지만 보고 판단하지 마라.

Don't judge a book by it's cover.

- 미국 속담

생선을 쌌던 종이에서는 비린내가 나고 향香을 쌌던 종이에서는 향내가 나는 것처럼 우리에게도 마음의 향기가 있다. 내가 주로 접하는 정보와 소식, 주로 만나는 사람들 향기가 내게서 배어 나온다. 울고 있는 사람, 복잡하게 꼬인 일 앞에 주저앉아 있는 사람을 만나면 왠지 나도 탈진하는 것 같고 침울해진다.

사람들을 골라서 만나는 것도 자기관리의 한 방법이다. 아무래도 우울한 사람을 만나면 덩달아 우울해지기 쉽고, 좌절감이 깊은 사람과 함께 있으면 어느새 비관적으로 바뀌기 쉽다.

활짝 웃는 모습에 늘 희망이 가득하고 새로움을 추구하며 개방적이고 진취적이며 생기발랄한 사람을 만나면 나도 어느덧 밝아지고 유쾌해진다. 그래서 꿈과 비전 등 성공을 위한 동기부여를 강의하는 사람들의 말이나 글들을 읽어보면 부정적이고 염세적인 사람을 멀리하라고 한다. 하지만 이러한 권고는 우리 모두에게 이롭지 않다. 오히려 세상의 약자들을 품을 수 있는 사람이 성공하는 사회야말로 올바른 사회이다. 또 늘 유쾌하고 긍정적인 사람만 만나야 한다는 가르침은 너무 메마른 현실을 반영하는 것 같아 씁쓸하다. 우리가 세상을 살면서 언제나 긍정적이고 발전적이며 생산적인 일을 하는 사람만 만날 수는 없다.

성공을 좇는 사람들의 부르짖음처럼 삶의 무게가 너무 힘겨워 부정적인 마음이 있는 사람들을 멀리한다면 세상은 더욱 삭막해지고 어두워질 것이다. 실제로 우리는 긍정으로 인생의 행복을 찾기도 하지만, 부정에서 교훈을 얻어 행복의 의미를 발견하는 것이 진정한 행복이다.

오래전 보스턴에 정신질환이 심해 회복이 불가능하다는 진단을 받은 한 여자가 있었다. 그녀는 언제나 주위 사람들을 공격하고 사나운 행동을 했기 때문에 지하 병동에 따로 격리되어 있었다. 의사도 포기하고 부모마저 포기한 이 여자를 아무도 찾지 않았다.

그러다가 정년퇴직한 간호사가 우연히 이 여자를 보고는 딱하게 여겨 매일 찾아와 보살펴주었다. 그 간호사는 그녀에게 과자도 사주고 선물도 주면서 말을 걸었지만, 그녀는 아무런 대꾸도 하지 않았다. 이렇게 6개월이 지났지만 간호사는 그녀를 포기하지 않고 꾸준히 관심을 보이며 가까이했다.

그러던 어느 날부터 그녀가 서서히 간호사에게 마음의 문을 열더니 병세가 호전되기 시작했다. 결국 그녀는 병이 완치되어 퇴원했으며, 자신이 아픔에서 회복한 경험을 바탕으로 아픔을 안고 사는 불쌍한 아이들을 돕겠다고 결심했다. 마침 그녀는 신문에서 듣지도, 보지도, 말하지도 못하는 삼중 장애가 있는 아이를 돌봐줄 가정교사를 구한다는 광고를 보았다.

그 삼중 장애가 있는 아이가 헬렌 켈러이며, 그 아이를 가르치겠다고 자원한 여자가 앤 설리번^{Anne Sullivan}이다. 만일 간호사가 황폐해진 앤 설리번을 돌봐주지 않았다면 헬렌 켈러가 지금처럼 인류에게 소망의 등불이 될 수 있었겠는가? 우리 주위에는 아픔과 고뇌에서 벗어나지 못하고 있는 사람이 많다. 그 사람들을 피하지 않고 따뜻하게 보듬어 안는다면 삶은 기쁨으로 넘쳐날 것이다.

평생을 인도의 빈민굴에서 병으로 죽어가는 사람들을 돌보는 일에 헌신한 테레사 수녀는 늘 성공한 사람의 주위나 기웃거리는 어떤 위인들보다도 삶의 에너지가 넘쳐흘렀던 행복한 사람이다.

말기암 환자나 임종을 앞둔 환자를 돌보는 호스피스들의 이야기를 들어보라. 호스피스를 하기 전보다 호스피스 활동을 하면서 훨씬 자기 삶에 진지해지고 성실해졌으며 어느 때보다도 삶의 의욕이 넘친다고 한다. 주변에 언제나 긍정적인 사람만 두어야 성공한다는 값싼 성공을 추구하는 사람은 참된 행복, 온전한 행복을 모른다.

우리가 살아가면서 어떤 사람을 만나느냐보다 그 사

람을 만나서 무엇을 시도하느냐가 더 중요하다. 내가 만나는 사람에게 행복이 달린 것은 아니다. 행복은 어디까지나 주관적이며 오직 내 내면과 관계가 깊다.

밝은 사람을 만나면 같이 기뻐하고, 어려운 사람을 만나면 위로와 돌봄의 마음을 갖는 것, 이것이 바로 행복으로 다가가는 적극적 자세이다.

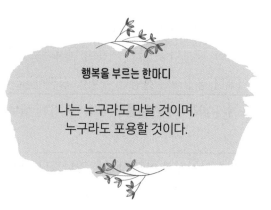

행복을 부르는 한마디

나는 누구라도 만날 것이며,
누구라도 포용할 것이다.

웃음은 최상의 명약이다

한 번의 웃음이 당신을 십 년 더 살게 해준다.

A smile will gain you ten more years of life.

- 중국 속담

유머 감각을 개발하라. 무조건 남을 웃기라는 말이 아니다. 상황과 경우에 맞게 유머를 구사할 수 있으면 좋겠지만, 유머를 잘 구사하지 못해도 유머에 대한 감수성을 개발하면 된다.

텔레비전이 흔치 않았던 시절에 유럽의 작은 소도시에서 있었던 일이다. 그 작은 도시에 사는 한 남자가 병원을 찾아와 의사에게 상담했다. "늘 마음이 짓눌린 것 같고 도무지 기쁜 일이 없으니 어떻게 하면 좋을까요?"

의사가 대답했다. "시내 극장에 유명한 악극단이 순회공연을 왔는데 인기 있는 희극배우가 함께 왔다고 하네요. 그 사람의 연기를 보고 실컷 웃으면 좋아질 거예요."

그러자 그 남자는 다음 말을 남기고 돌아갔다.

"제가 바로 그 희극배우입니다."

남을 웃기는 것과 내가 잘 웃는 것은 별개 일이다. 남을 웃길 줄 알면서도 웃지 못하는 사람보다는 자기 삶의 길목에서 벌어지는 소소한 일상과 다른 사람의 행동에서 유머를 발견하고 웃을 줄 아는 사람이 행복한 사람이다. 정말 잘 웃는 사람이 되려면 늘 마음을 맑게 가져야 한다.

엄격한 신분 사회에서 살았던 선인들이 자기를 다스리며 유유자적한 삶을 살 수 있었던 것은 자기 마음을 비울 줄 알았기 때문이다. 선인들이 우리에게 주는 지혜는 마음을 '명경지수明鏡止水'처럼 하라는 것이다. '명경지수'는 거울과 같이 맑은 정신과 물과 같이 고요한 마음을 뜻한다.

고요한 호수는 해가 뜨면 그대로 해그림자를, 달이 떠오르면 달그림자를 비춘다. 그뿐 아니라 성인이나 악인의 모습도 그대로 비춘다. 그러다가 사라지면 다시 아무 그림자도 없는 맑은 호수로 그대로 있다.

늘 쾌활하고 다른 사람들에게 웃음을 주려면 호수와 같은 마음을 가져야 한다. 우리 마음이 명경지수가 되면 삶의 활력소가 되는 유머를 즐길 수 있으며, 반대로 유머를 즐기고 자주 웃다 보면 명경지수의 마음을 가질 수 있다.

웃음을 즐기자. 웃음을 즐긴다는 것은 웃음 자체로 웃는다는 말이다. 남아메리카의 타루리파 부족에게는 모두 잠든 한밤중에 일어나 서로 농담을 던지는 풍습이 있다. 깊이 잠들어 있는 사람도 누군가 농담을 던지면 함께 웃고 즐긴다. 그러다가도 몇 초 안에 모두가 다시 깊은 잠에 빠져든다.

왜 집중하는 데 웃음이 필요할까? 웃음은 우리 신경회로 속의 추상이 그 힘을 잃고 한곳에만 심취하도록 하는 힘이 있다. 즉, 웃음은 모든 노이로제와 스트레스를 몰아내고 건강한 심호흡을 하도록 유도하기 때문이다.

1995년 인도의 마단 카타리아Madan Kataria 박사는 웃음이 최상의 정신치료제라는 것을 깨달은 뒤 폭소 모임을 만들었다. 카타리아가 처음으로 폭소 모임인 폭소클럽을 만들어 사람들에게 행복을 찾아주자 인도의 대도시에는 수백 개가 넘는 폭소클럽이 활발하게 운영되고 있다. 이것이 미국에까지 전파되어 폭소클럽이 백여 개 이상 개설되었다.

그런데 이 폭소클럽은 유머나 농담, 웃기는 법 등에는 관심이 없다. 그냥 실컷 웃는 행위 자체에만 관심을 쏟는다. 폭소클럽 회원이 되면 먼저 회원끼리 눈인사로 어색함을 없애고 진행자는 사람들에게 '호호', '하하', '킥킥킥', '허허허'같이 웃도록 강요한다.

그렇게 진행하다가 어느 순간 '맹수 웃음'이라는 단계에 이르면 참가자 모두가 마치 한 마리 맹수가 된 것처럼 혀를 쭉 내밀고 눈을 희번덕거린다. 그리고 두 손으로 맹수의 앞발처럼 흉내 내기 시작하면 폭소를 터뜨리지 않는 사람이 없다. 처음에는 마지못해 웃는 척하다가 나중에는 그야말로 활화산이 분출하듯 웃게 된다.

모든 폭소클럽이 같은 웃음을 유도하는 것은 아니어서 지역과 여건에 맞는 웃음을 개발해 사용한다. 태풍 웃음, 장마철 웃음, 빗줄기 웃음, 낙엽 웃음, 신생아 웃음, 철부지 웃음 등 어떤 것이든 실컷 웃을 수 있으면 된다.

한바탕 웃음으로 아픔도, 얽매임도, 불만도, 미움도 다 날려버리면 우리 마음은 다시 고요해지며 미래와 행복을 위한 공간을 확보할 수 있다. 〈리더스 다이제스트〉에서는 "웃음은 최상의 명약이다. 만일 짐 캐리가 출연한 영화에서 당신을 요동치도록 웃게 했다면 그의 출연료 2,000만 달러도 비싼 것이 아니다"라고 했다.

당신은 언제 마음 놓고 웃었는가? 갓난아이는 하루에 7시간을 웃는다고 한다. 그러다 어른이 되면 하루에 7분도 채 웃지 않는다.

웃지 않은 날은 무엇을 성취했든 실패한 날이다. 웃은 날은 어떤 일이 일어났든 성공한 날이다.

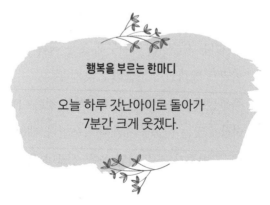

행복을 부르는 한마디

오늘 하루 갓난아이로 돌아가
7분간 크게 웃겠다.

좋은 생각만으로도
마음의 독은 빠진다

모든 선한 행위는 자신에게 돌아온다.
A good deed is something one returns.

- 아프리카 속담

시간과 함께 모든 것은 흘러가고 변한다. 다만 한 가지 변하지 않는 것이 있다면 그것은 바로 추억이다. 추억으로 사람은 누군가에게 의미 있는 존재가 된다. 성공한 사람들 이야기는 우리에게 도전 의식을 불러일으키고 사랑을 베푼 사람들을 추억하는 일은 우리 가슴을 뭉클하게 한다.

　한 라디오 프로그램에서 20년 전에 다닌 직장의 상사를 그리워하는 편지가 소개되었다. 그 사연은 가난한 시골 소녀들이 옷 보따리 하나씩 옆구리에 끼고 완행열차를 타고 서울에 있는 공장에 취직하러 몰려들었던 시절의 이야기였다.

어느 작은 가내 공장에 취직한 소녀는 1층 공장에서 힘들게 재봉틀을 돌린 후 2층 작은 기숙사에서 늦은 밤에 홀로 이불을 뒤집어쓰고 검정고시 준비를 했다. 어느 날 아침에 보았더니 기숙사 방을 합판으로 나누는 작업을 하고 있었다. 그 기숙사 소녀들은 "그렇지 않아도 여덟 명이나 포개어 자는 이 작은 방을 또 나누면 어떻게 해요?"라며 항의했다.

그날 점심때 상사가 소녀를 불러 연필과 공책을 주며 말했다.

"그렇게 공부가 하고 싶니? 2층 기숙사 옆에 네 공부방을 따로 마련해 두었으니 꼭 네 꿈을 이루길 바란다."

소녀는 칸막이로 나뉜 작은 방을 보며 기쁨의 눈물을 흘렸다. 공책을 펴 보니 상사가 일일이 오선지를 그려 그 위에 알파벳을 대문자, 소문자로 써놓고 알파벳을 연습하라는 당부의 글도 적어놓았다.

그러나 며칠이 지나서 그 상사는 미안해하면서 소녀에게 말했다.

"너에게만 독방을 주면 재봉사 일곱 명이 그만두겠다는구나."

그 후 얼마 지나지 않아 공장이 부도가 났다. 과장은 소녀를 위로하면서 이렇게 말했다.

"어디를 가든 꼭 꿈을 이루거라. 정말 도와주고 싶었는데……."

그렇게 갑자기 헤어진 후 어느덧 20년이라는 세월이 훌쩍 지나버렸다. 그 소녀는 이제 한 가정의 주부가 되었고, 남편과 회갑이 지났을 과장님 이야기를 나눈다고 한다. 그 주부는 합판으로 만든 한 평도 채 안 되는 그 시절의 공부방이 가끔 꿈에서 보이면 그렇게 행복할 수 없다고 한다.

세상에서 가장 행복한 사람은 가슴속 깊이 따뜻한 비밀을 두고서 언제든 꺼내볼 수 있는 사람이다. 눈물을 흘리고 있을 때 다가와 눈물을 함께 닦아준 사람이 있었다는 기억만으로도 우리는 충분히 행복하다.

불행한 사람은 재산이 없는 사람도 아니요, 병실에 누워 있는 사람도 아니다. 누군가로부터 따뜻한 말 한마디

들어본 기억과 경험이 없는 사람들이다. 가끔 인생의 짐이 무거워져 주저앉고 싶을 때 누군가에게 사랑을 받아본 사람은 그 추억의 힘으로 다시 일어나 나아갈 수 있다. 따뜻한 사랑을 받아본 사람만이 따뜻한 사랑을 베푼다. 따뜻한 사랑을 받아보지 못했다고 하더라도 자비를 베풀면 곧 자기에게 큰 기쁨이 되어 돌아온다.

노벨평화상을 받고 천주교에서 성녀의 서품을 받은 테레사 수녀의 헌신적인 봉사활동에 대해 하버드대학교 의과대학에서 흥미로운 연구 결과를 내놓았다. 그것은 선한 일, 돕는 일, 위로해 주는 일을 할 때 우리 몸에서는 바이러스를 없애는 면역 물질이 나온다는 것이다. 이것을 '테레사 효과Teresa Effect'라고 명명했다. 놀라운 것은 선한 일을 생각만 해도 테레사 효과가 나타난다는 것이다.

내 눈물을 닦아준 사람을 생각하기만 해도, 다른 사람의 눈물을 닦아준 사람의 이야기를 듣기만 해도, 옥에 갇힌 사람, 병실에 있는 사람, 춥고 어두운 데 있는 사람 또한 주름이 깊게 파인 얼굴과 한없는 연민의 눈, 물기가 없어 말라붙은 손과 발, 굽은 허리의 작은 테레사 사진만 보아도 우리 마음은 따뜻해진다. 누군가에게 그리운 이가 되어주는 것, 그의 눈가에 맺힌 눈물을 잠시 닦아주는 것만으로도 우리는 늘 기쁘게 살 수 있다.

행복을 부르는 한마디

나는 잠깐의 기쁨보다
다른 이에게 기쁨을 나눠주는
행복을 누리겠다.

외로움도 즐기자

자기 자신의 의식적 노력보다 더 자신에게
용기를 주는 것은 아무것도 없다.

I know of no more encouraging fact than the
unquestionable ability of man to elevate his life by a
conscious endeavor.

- 헨리 데이비드 소로 Henry David Thoreau

산업사회에서는 '군중 속의 고독'을 이야기했다면 정보사회에서는 '스크린 위의 고독'을 말한다. 정보사회가 더 진행되면 대학과 교회, 사무실 등 사람들이 직접 만나 교육하고 상담하는 모든 형태가 다 사라진다. 유형의 모임이 모두 스크린 속으로 흡수되어 갈 것이다.

어느 분이 내게 물었다. "지금처럼 사람들의 모임이 사라지면 사람들은 더 외로워지겠죠. 인간은 서로 부대끼며 함께 살아야 하는데……."

산업사회에서도 사람들은 외로웠다. 공장, 거리, 극장, 일요일의 교회, 초파일을 맞은 사찰, 학교, 지하철과 버스 안에서도 낯모르는 수많은 사람과 몸과 얼굴을 마주하고 가까이에 있어도 사람들은 외로웠다.

어제와 오늘처럼 내일도 수많은 사람을 만나고 악수하고 옆에 앉아 함께 공기를 들이마시고 내쉴 것이다. 그러나 그뿐이다. 더는 아무 일도 일어나지 않는다.

사람들은 발 디딜 틈도 없는 시장과 백화점을 헤매며, 사람들이 운집하는 교회와 사찰을 찾는다. 주어진 자유의 공간만큼이나 개인의 외로움이 커지면서 그 공간을 메우려고 이리저리 몰려다니지만 오히려 그럴수록 외로움을 견디는 능력만 약해질 뿐이다.

에리히 프롬Erich Fromm에 따르면 독재자들은 공동체적 안전을 주고 대신 개인의 자유를 빼앗아 간다고 한다.

외로움을 잘 견딜 줄 아는 사람만이 자유를 만끽할 수 있다. 자유가 많아지면 많아지는 만큼 외로움도 더 커진다. 언제나 자유는 외로움을 견딜 만큼만 주어진다.

자유는 공기와 같다. 자유가 주어졌을 때는 자유의 소중함을 모르지만 자유가 사라지면 그제야 자유를 세상의 그 무엇과도 바꿀 수 없음을 알게 된다.

사이판섬의 최북단에 가면 더스틴 호프먼Dustin Lee Hoffman 과 스티브 맥퀸Steve McQueen이 주연한 영화 〈빠삐용〉을 촬영했던 절벽이 있다. 주인공이 높다란 절벽 아래 대양의 물결이 달려와 바위에 부딪혀 하얀 물거품을 만들어내는 바다로 뛰어내린 영화의 마지막 장면은 인간에게 자유처럼 소중한 게 없음을 다시금 일깨워주었다.

빠삐용이 감옥에 갇혀 있다가 탈출하고 다시 잡혀 갇히는 일이 반복되자 교정 당국에서는 빠삐용과 다른 한 죄수를 외딴섬으로 보내버린다. 바다 한가운데 외로이 떠 있는 섬에서 빠삐용과 동료는 나이 들어 죽을 날만 기다린다.

그렇게 하루하루를 보내던 빠삐용은 법정에서 최종 선고를 받는 꿈을 꾼다. 판사가 선고를 내린다.

"빠삐용, 그대는 중죄인이다. 강도질과 탈옥을 반복한 것이 죄가 아니다. 네 진짜 죄는 시간을 낭비하는 죄, 인생을 낭비하는 죄이다."

침대에서 일어난 빠삐용은 동료에게 함께 섬을 탈출하자고 제안하지만 동료는 거절한다. 빠삐용은 혼자 야자수 열매를 묶어 만든 보트를 바다에 던진 다음 그 바다로 자기도 몸을 던진다.

외로움은 자유를 동반한다. 자유는 외로움을 즐길 줄 아는 사람에게 더 많은 자유를 허용한다. 외로움을 친구로 삼고 홀로 있음을 즐길 줄 알 때 비로소 참자유의 세계가 그 문을 활짝 연다.

행복을 부르는 한마디

나는 외로움을 지나 찾아오는
진정한 자유를 느끼겠다.

안 되는 일에 마음 쓰지 마라

현명한 사람은 삶의 양이 아니라 질을 생각한다.

The wise man will always reflect concerning the quality not the quantity of life.

- 루카누스 안나에우스 세네카^{Lucius Annaeus Seneca}

즐거움은 얼굴을 빛나게 하지만 근심은 사람 뼈도 상하게 한다. 마음을 잘 지키는 자가 성을 빼앗는 자보다 낫다. 마음에서 생명이 나오고 건강이 나오고 성공과 장수도 나오기 때문이다. 마음이 아프면 궁궐도 좋은 줄 모르나 마음이 즐거우면 초가삼간에서도 만족한다. 이러한 마음을 상하게 하는 가장 중요한 적은 심려다.

걱정이 걱정으로 끝난다면 아무것도 아니지만 암처럼 자라나 마음속 깊이 자리 잡는다면 그것은 심려다. 걱정이 마음속에 똬리를 틀고 떠날 줄 모르면 심려지만 손과 발을 움직여 해결 방안을 내놓는다면 그것은 배려다.

심려는 아무에게도 도움이 안 된다. '인생은 고해'라는 부처의 말처럼 우리가 매일매일 생기는 근심거리를 다 마음속에 뿌리내리게 한다면 마음의 짐이 너무 무거워 견디지 못한다. 심려는 마음을 괴롭혀 백해무익하지만 배려는 마음을 바르게 써서 유익하다.

심려는 마음을 침울하게 만든다. 침울한 마음은 양극성을 띤다. 매우 수동적이거나 매우 공격적으로 변한다. 사색의 폭이 좁아지며 충동적으로 행동하고 고집을 키운다. 이처럼 심려에 빠져들면 입으로는 걱정을 달고 살지만 정작 합리적 대안을 내놓지는 못한다.

'있을 수 없는 일이 생겼구나.'

'내가 어쩌자고 이랬지?'

우리는 자신이 만난 문제가 가장 큰 문제인 양 어떤 해결책도 찾지 못할 것처럼 생각한다.

심려의 소용돌이가 우리 마음에 휘몰아치면 정상적 판단 능력이 떨어져 균형감각을 잃어버린다. 심려는 사람의 시야를 좁게 만들 뿐 아니라 성급해지게 해서 문제를 없애기보다 더 키워놓는 경우가 많다. 이것은 마치 빈대 잡는다고 초가삼간 태우는 격이라 할 수 있다.

심려 대신 배려를 하자. 로마의 철인 에픽테토스Epiktētos
는 '심려'라는 병에 대한 두 가지 처방을 내렸다.

첫째, "누군가 큰 아픔을 당했을 때 가서 슬픔은 표시
하되 그 슬픔에 빠지지는 말라"라고 말한다. 슬퍼하되
그 슬픔에 빠져 마음의 병이 되지 않도록 하라는 것이다.

둘째, "어떤 문제를 만났어도 그 문제로 잃을 것은 아
무것도 없다"라고 말한다. 모두 빈손으로 왔다가 빈손
으로 간다. 우리가 잃을 것이 무엇이 있겠는가? 만약 친
구와 헤어졌으면 원래 자신이 있던 자리로 그냥 되돌아
왔을 뿐이다. 권력을 놓았으면 원래 자기 모습으로 되돌
아왔을 뿐이다.

이렇게 본다면 이 세상에는 비극적 종말이란 없다. 마
음의 평화는 운명의 움직임에 동요되지 않을 때 가능하
다. 그래서 고려 말기의 문신이자 학자인 이색李穡 선생도
"인생의 성공과 실패는 인생의 여담餘談이다"라고 했다.

소중한 사람이 떠나고, 아끼던 물건을 잃어버렸을 때
잃어버렸다고 생각하지 말고 원래 자리로 돌아갔다는
사실을 바로 보면 심려에 빠지지 않는다. 우리가 잃은 것

은 사실 아무것도 없기 때문이다. 이 사실을 받아들일 때 우리 마음은 평화로워지고 삶에 여유가 생긴다. 이런 마음이라면 어떤 문제라도 해결할 수 있다.

행복을 부르는 한마디

심려가 마음속에 똬리를 틀도록
내버려두지 않겠다. 이젠 평화로운 마음으로
배려하며 살겠다.

일이 바쁜 게 아니라 마음만 바쁘다

서두르는 것은 오히려 낭비다.

Haste makes waste.

- 미국 속담

유대인은 이집트의 노예생활에서 해방되어 가나안에 들어가 자기들만의 독립 국가를 세운 유월절을 큰 명절로 지킨다. 제2차 세계대전 이후 유월절이면 늘 〈나는 믿는다〉라는 노래를 즐겨 부른다. 아우슈비츠 수용소에서 유대인이 만든 이 노래는 다음과 같이 시작한다.

　"우리는 우리의 해방자가 오리라고 믿습니다. 그러나 그분은 조금 늦게 오십니다."

　절망뿐인 수용소에서 만들어진 이 노래는 지금도 이스라엘인에게 큰 감동을 주며 애창되고 있다. 유대인은 아우슈비츠 수용소에서 매일 많은 동료가 가스실과 생체실험실로 끌려가 죽는 것을 보았고, 머지않아 자신들의 운명도 그렇게 되리라는 것을 짐작했다.

그중 한 젊은 의사가 있었다. 그는 수용소에서 일하면서 유리 조각을 주머니에 몰래 숨겼다. 그는 유리 조각으로 매일 아침저녁으로 면도를 했다. 저녁이 되면 나치들이 감방에 들어와 실험실로 보낼 사람을 고를 때 유리 조각으로 면도해 파릇파릇한 얼굴을 한 그 의사는 늘 제외했다. 건강해 보였고 노동력이 있어 보였기 때문이다. 그렇게 해서 그 의사는 독일이 연합군에게 완전히 항복할 때까지 살아남았다. 그 의사가 수용소를 떠날 때 손에 쥔 것이라고는 유리 조각 하나뿐이었다. 그 의사는 이렇게 말했다. "우리 마음이 너무 성급할 뿐이지 신의 도움은 절대로 늦지 않는다."

현대인이라면 누구나 일종의 '바쁨 증후군'이 조금씩은 있다. 정말 과거와 비교하여 이토록 바쁘게 지내야 하는 이유는 무엇일까? 과거는 느림의 문화이고 오늘날은 속도의 문화라서 우리는 늘 긴장하는가? 우리의 육체는 과거에 비해 여유로워졌으나 마음은 더 바빠졌다.

몸이 바쁜 게 아니라 마음만 바빠진 것이다. 마음이 바빠서 휴식할 기회가 와도 맘껏 쉬지 못하고 오히려 더 불안해한다. 특별히 할 일이 없는 휴일에도 왠지 마음이 바쁘다.

점점 짧아지는 제품의 수명과 급변하는 사회를 보면서 우리는 다음과 같은 생각을 한다.

'사회가 변하고 있다. 그러니 나도 빨리 변화에 적응해야 한다.'

'도태되지 않으려면 바쁘게 살아야 해. 바쁘지 않은 사람은 낙오자이거나 쓸모없는 사람일 뿐이야.'

바쁨 증후군은 이제 보편적 현상이다. 누구를 만나든 어디에서든 우리는 바쁘다는 말을 습관처럼 내뱉는다. 마치 바쁘다는 말을 해야 잘나가는 사람 같다. 하지만 바쁘다고 말한 순간부터는 마음이 더 조급해진다. 모든 일을 진지하게 마무리하지 못하고 대충대충 넘기며 늘 새로운 일을 찾아 헤맨다. 새로운 사람, 새로운 상품, 새로운 일, 새로운 놀이를 찾아내 몸과 마음을 혹사한다.

이것은 오히려 자유로부터 도피하는 것이다. 누릴 수 있는 자유를 스스로 걷어차는 것이다.

　설령 바쁘더라도 무의식적으로 '바쁘다'고 말하는 습관을 버리면 한결 삶이 여유로워진다. 내가 조급하다고 말하는 그때 주변 사람들이 더는 내 말을 들으려 하지 않고 떠날 준비를 한다. 바쁜 사람과 더 대화할 필요가 없으며 똑같이 바쁘다는 말이 되돌아올 뿐이다. 우리가 정작 바쁜 것은 일이 아니라 마음임을 알고 인생의 쉼표를 찍을 여유를 찾자.

행복을 부르는 한마디

내 마음이 급할 뿐이다.
이제는 습관적으로 바쁘다는 말을
내뱉지 않겠다.

3장

모든 것은
다

사소하니…

절벽은 끝이 아니다 / 9회 말 역전 홈런을 노려라 / 문제는 곧 기회다 / 자포자기는 죄악이다 / 악담은 걸러내고 덕담은 받아들여라 / 내 의지대로 산다 / 노이로제는 허상일 뿐이다 / 모든 일은 사소하다 / 그대여, 영혼이 담긴 자기암시를 하라 / 나의 변신은 무죄다 / 우울은 성숙의 비타민이다 / 분노는 건드릴수록 더 커진다

절벽은 끝이 아니다

최상의 성공은 편한 길만을 골라가는 사람이 아니라
고된 일, 시련, 위협 앞에 몸을 사리지 않는 사람들에게
찾아온다. 이 사람들이야말로 궁극적 승리의 영화를
누린다.

The highest form of success comes not to the man who
desires mere easy peace, but to the man who does not
shrink from danger, from hardship, or from bitter toil,
and who out of these wins the splendid ultimate triumph.

- 시어도어 루스벨트 Theodore Roosvelt

40대 초반의 미국인 돈 슈나이더^{Dong J. Snyder} 교수는 어느 날 재임용 탈락 통지서를 받는다. 우수한 성적으로 대학을 졸업하고 어디서나 실력을 인정받던 그가 해고 통보를 받은 것이다. 슈나이더는 2년 동안 차마 아내에게 말도 하지 못한 채 100여 개 대학에 지원서를 보내고 재취업을 기다렸다.

　그러나 기대했던 것과 달리 모든 대학에서 거절당하자 그는 집을 팔아 생계를 꾸리고 급기야는 빈민들에게 주는 식량 구매권에 의존하여 살게 되었다. 슈나이더는 하루하루를 분노와 좌절감 속에서 보냈으며, 심지어 늘 자살할 궁리나 하면서 주변 사람들을 불안하게 했다.

　그러던 어느 날 문득 그는 자신이 그토록 매달리는 사회적 명예 때문에 사랑하는 사람들을 절망 속으로 몰아넣고 있다는 사실을 깨달았다. 노동자의 집안에서 자란 그는 사회적으로 인정받는 '대학교수'라는 자리에 너무 집착했던 것이다. 이제 그는 집착에서 벗어나 건축 현장의 잡부로 시작하여 유능한 목수가 되었고, 그 어느 때보다 행복한 시간을 보내고 있다. 또한 『절벽 산책The Cliff Walk』으로 베스트셀러 작가가 되었다.

　당신은 인생의 절벽을 산책해 본 적이 있는가? 누구나 삶의 절벽에 부딪힐 수 있다. 더 나아갈 수도, 물러설 수도 없는 상황과 맞닥뜨린다면 어떻게 해야 할까? 먼저 인생의 길에는 절벽이 없다는 사실을 인식해야 한다. 인생의 절벽은 그렇다고 믿는 사람에게만 나타난다. 즉, 자신이 만들어낸 절벽은 있지만 실제 인생에서 절벽은 절대로 없다.

　인생의 절벽을 자주 마주친다고 스스로 느끼는 사람들은 목적의식이 강한 것이다. 그들은 인생에는 목적이 있어야 한다고 규정하고 그 '목적에 이끌려 다니는 삶'을 산다. 목적을 가지는 것이 나쁜 것이 아니라 목적은 언제라도 변할 수 있고 변한다는 사실을 아는 것이 중요하다. 절대불변의 목적을 가지고 사는 사람은 그 목적을 잃으면 곧 절벽에 부닥쳤다고 여겨 막다른 길을 선택할 수밖에 없다.

인생에서 한 길만이 유일한 길이라고 고집해 왔는데 그 길이 막혔다고 인생을 포기할 것인가? 돈 슈나이더가 교수로 살아야만 한다는 생각을 버렸을 때 그에게 인생의 절벽은 사라지고 자아 성취감을 맛볼 수 있는 새로운 길이 열렸다. 절벽은 없다. 언제나 새로운 것을 시도할 길은 펼쳐져 있다. 오히려 절벽은 힘이다. 익숙했던 길을 버리고 새로운 세계로 들어가게 하는 힘이다.

슈나이더는 생의 절벽을 만나 자신을 풍요롭게 채워줄 색다르고 풍부한 잠재력이 자신에게 있음을 발견했다. 당신 인생에서 절벽을 만나더라도 그 절벽은 인생의 종착점이 아니라 제2의 인생을 새롭게 시작하는 출발점이 된다고 생각하고 감사하라.

신이 인간을 창조했을 때 그리고 자연의 섭리로 인간이 진화했을 때 우리 안에는 자기 파악, 자유의지, 결단력, 가치 판단, 창조적 능력, 적응력 등이 이미 있었다. 우리 안에 다양한 잠재력이 있다는 사실을 잊지 않는다면 절벽은 아무에게도 없다. 절벽은 삶을 끌어올리는 디딤돌이다.

스탠퍼드대학교 연구소의 엘긴Elgin은 미국에 새로운 도전의 바람이 불고 있다고 밝혔다. 미국인에게 제1차 도전은 서부 개척, 제2차 도전은 기술 혁명이었으며, 지금은 새로운 개척 정신, 즉 개인의 잠재력 개발이라는 제3차 도전의 바람이 불고 있다. 그 잠재력 가운데 최고봉은 스스로 환경을 해석하는 능력이다. 그것은 환경에 얽매여 종속되는 것이 아니라 환경을 초월해 누릴 수 있는 자유를 가져다준다.

인간의 신체를 한없이 편안하게 해준다는 고도의 물질문명을 가진 서양에서 한계에 부닥친 지금, 즉 문명의 절벽을 발견하고 나서야 그들은 물질에 초연할 수 있는 마음가짐에 관심을 기울이고 있다. 그래서 생의 절벽은 인생에서 또 하나의 힘이다. 절벽에 다다랐을 때 궤도를 수정하고 방향을 전환하라. 극한 상황에 부딪혀 본 사람이 비상을 꿈꾸고 돌파구를 찾을 수 있다.

행복을 부르는 한마디

시련이여, 고맙다.
내 숨은 잠재력을 발견하게 해주다니!

9회 말 역전 홈런을 노려라

언제나 태양만 내리쬐면 사막이 된다.

All sunshine makes a desert.

- 아랍 속담

요한 볼프강 괴테Johann Wolfgang von Goethe는 "눈물 젖은 빵을 먹어보지 못한 사람과 인생을 논할 수 없다"라고 말했다. 고통을 겪어보지 못한 사람들은 생물학적 나이는 어른일지 몰라도 정신 연령은 아동기에 머무는 경우가 많다. 신은 언제나 우리에게 진정한 축복을 내릴 때 반드시 고통이라는 옷을 입고 나타난다. 축복받은 사람이 교만해지지 않고, 그 축복을 주위 사람들과 나눌 수 있게 하려는 것이다.

　오스트리아 빈에 다녀온 한 친구는 나에게 자기를 가

르쳤던 지도 교수의 말을 전했다. 그 교수는 자신의 지도를 받는 학생 가운데 탁월하게 성악을 잘하는 학생에게 강의 도중에 다정히 말했다.

"자네는 정말 아름다운 성대를 가지고 있네. 하지만 지금까지 자네 인생은 자네에게 너무 온화하고 친절했네. 언젠가 자네에게 크나큰 시련이 다가올 때 그 시련을 잘 견뎌낸다면 정말 위대한 성악가가 될 걸세."

인생의 행로에 언제나 따사로운 햇볕만 비추기를 원하는 사람이 많다. 기름진 땅에 태양만 계속 내리쬔다면 머지않아 사막으로 변할 것이다. 가끔은 비도 내리고 바람도 불며 태풍도 몰아쳐야 습도를 유지해 식물이 자라날 수 있는 토양이 된다.

하루하루가 천국 같다면 어떤 감격이 있고 통쾌함이 있겠는가? 목사의 아들로 태어나 선교사를 꿈꾸던 린위탕林語堂은 그 꿈을 접으면서 이렇게 말했다. "나는 정중히 천국이나 극락 가는 것은 사양합니다."

린위탕은 왜 이러한 말을 했을까? 울음 없이 웃음이 있을 수 없고, 아픔 없이 치료가 있을 수 없고, 실패 없이 성공이 있을 수 없다. 깊은 밤이 있어야 아침의 태양이 있듯이 매일 즐거움만 있다면 곧 즐거움이 뭔지도 모르는 무감각한 존재가 되고 만다.

현실에서 어려움을 부닥쳐 보지 못한 사람들은 살아가면서 소중한 것을 많이 놓치고 만다. 우리 삶에서 눈물로 배울 수 있는 것이 얼마나 많은가? 고통을 겪어 본 사람이 아픔을 이해할 수 있고 실패해 본 사람이 약자 마음을 보듬어줄 수 있다. 웃음만이 가득한 세상이 천진난만한 즐거움이라면, 번뇌의 눈물 뒤에 보이는 세상은 함께 녹아들어가 그 속에 일체가 될 수 있다.

인생에는 성공과 실패, 기쁨과 슬픔, 칭찬과 비난이 늘 공존한다. 인생에서 맑은 날이 계속되면 그대로 즐거울 테고, 비가 내리면 그 비를 자양분으로 삼아 성숙하면 된다. 산이 높으면 골이 깊고 달이 기울면 다시 차는 것처럼 우리의 삶은 늘 반전과 역전의 연속이다. 이러한 삶의 이치를 자신에게는 일어나지 않을 일로 생각하지 말고 매우 일상적이며 상식적으로 받아들여야 한다. 거듭되는 역전을 마치 야구 경기에서 9회 말 역전 홈런을 치는 것처럼 대단히 어려운 일로 생각해서는 안 된다.

1953년, 세계 최고봉인 에베레스트산을 정복한 에드먼드 힐러리Edmund Hillary는 첫 번째 등정에서 실패했을 때 이렇게 말했다.

"에베레스트여, 처음엔 네가 날 이겼다. 하지만 다음번에는 내가 널 이기겠다. 왜냐하면 넌 이미 성장을 멈췄지만 난 계속 성장하고 있기 때문이다."

고난의 길을 따라 험준한 산에 오르는 힐러리 경이 어리석어 보일 수도 있으나 그에게는 산에 오르는 것 자체가 즐거움이었다. 이러한 마음가짐으로 자기 자신을 경영한다면 삶에서 '불행'은 사라질 것이다. 어떤 불행이 다가오더라도 이겨낼 수 있는 사람은 바로 다음과 같은 생각으로 인생을 살아간다.

'내 앞에 놓인 산이여, 기다려라. 내가 너를 넘어간다.'

'파도여, 몰아쳐라. 바다를 건너 산을 넘어 또 다른 세상을 만날 수 있으니 이 얼마나 즐거운 일인가!'

'색다른 경험, 낯선 환경이 나를 더욱더 풍요롭게 해주는구나.'

인생의 역풍에 약한 자는 늘 기회를 기다리지만, 역전에 강한 사람은 늘 기회를 스스로 만든다. 모든 일이 자기 뜻대로 되기를 기대하지 말고 오히려 무슨 일이 벌어지든 대처하는 것이 아름다운 인생이다.

우리의 인생은 그 자체가 반전이다. 탄생과 죽음, 입사와 퇴사, 만남과 이별 등 반전이 우리 일상이다. 과도한 집착을 버리고 일이 잘 안 풀릴 때면 인생의 반전에 오르는 중이라고 생각하라. 기억하라. 특별한 사람들만 역전의 전문가가 아니라 우리는 모두 역전의 전문가라는 사실을.

행복을 부르는 한마디

어떤 시련이 닥치더라도 괴로워하지 않고
역전의 짜릿함을 즐기겠다.

문제는 곧 기회다

불확실성 속에 모든 가능성이 들어 있다.

When nothing is sure, everything is possible

- 마거릿 드래블Margaret Drabble

인생은 퍼즐이다. 우리는 매일매일 풀어야 할 삶의 숙제를 떠안고 살아간다. 만약 삶의 퍼즐을 두려워하거나 짜증 내면 인생이 고달파진다.

　현실의 퍼즐을 보고 미리 겁을 내거나 너무 어렵게만 생각하지 않는다면 반드시 그 해답을 찾는 즐거움을 만끽할 수 있다. 현재 벌어지는 일에서 최악의 결과를 속단하지 말고 최선의 결과를 생각하라. 퍼즐에는 이미 해답이 있으며, 그것을 발견할 수 있다고 자신에게 말하라.

　사실 큰 문제도 대수롭지 않게 여기면 문제는 쉽게 해결된다. 반면 쉽게 풀 수 있는 퍼즐을 큰 문제로 여기면 중압감이 생겨 자신에게 있는 능력조차 발휘하지 못한다.

'왜 나에게만 이런 기막힌 일들이 생기는 거야?'

'50억 인구 중 나처럼 어려운 상황에 놓인 사람은 없을 거야.'

'누가 이러한 문제를 해결하고 싶겠어?'

이런 자신에게 독이 되는 생각을 벗어던져라.

현실의 퍼즐을 너무 크게 보고 자신을 너무 작게 보는 것이 가장 큰 독이 되는 원인이다. 항상 의기소침하거나 주변 사람들에게 무능하다는 말을 듣는 사람은 점점 작아질 수밖에 없다. 하지만 칭찬의 힘이 큰 것처럼 주변에서 격려해 주고 잘한다고 북돋워주면 숨어 있는 잠재적 역량을 발휘할 수 있다. 지금의 문제가 너무 커서 힘들 거라는 말을 듣는다면 못 들은 척하라.

우리 삶에서 해결하지 못할 수수께끼는 하나도 없다.

인간은 스스로 자기 자신의 삶을 좌우하고 만들어갈 수 있는 존재이다. 자기 안에 숨어 있는 힘을 잘 활용하면 현실에 끌려다니는 사람이 아니라 현실의 주인으로 살아갈 수 있다.

　인생의 퍼즐은 잘 풀려고만 마음먹으면 탁월한 지혜를 얻을 수 있다. 43개국에 160개 지사와 1만 7,000여 명의 직원을 거느린 미국 뉴욕의 CA^{Computer Associates} 그룹 회장 산제이 쿠마^{Sanjay Kumar}는 어려서 퍼즐에 직면했을 때 슬기롭게 잘 대처했다.

　스리랑카의 소수민족 출신인 쿠마 회장은 밤색 피부로 태어났다. 열여섯 살 때 미국으로 이주한 그는 사우스캐롤라이나주의 한 학교에 다녔다. 점심을 먹으려고 학교 식당으로 간 쿠마는 정말 곤혹스러운 퍼즐에 직면했다. 배식을 받는 줄이 백인 학생들과 흑인 학생들로 나뉘어 있었던 것이다. 밤색 피부인 그는 당황하여 어느 줄에도 서지 못하고 식사를 못 한 채 집으로 돌아와 어머니에게 그 상황을 이야기하면서 어떻게 해야 하느냐고 물었다.

　쿠마의 어머니는 이렇게 말했다.

　"너는 백인도 아니고 흑인도 아닌 특별한 아이다. 어느 줄이든 짧은 줄에 서면 된다."

쿠마 회장은 그때 일을 회상하면서 이렇게 말했다.

"나는 어머니로부터 내 앞에 퍼즐이 놓였을 때 그 퍼즐을 기회로 삼는 법을 배웠습니다."

자신에게 어떤 고난과 시련이 닥치더라도 휩쓸리지 말고 한 걸음 물러나 냉철하게 문제를 살펴라. 무슨 사건이 생기든 그 사건이 당신을 주저하지 못하게 하라. 모든 인간관계에서 사람들이 당신을 농락하지 못하게 하라. 또한 현실에서 벌어지는 여러 난제를 재미있는 퍼즐로 생각하라. 인생의 퍼즐은 우리에게 많은 지혜와 즐거움을 선사한다.

행복을 부르는 한마디

내게 절대로 풀리지 않는 퍼즐은 없다.

자포자기는 죄악이다

우주 만물 가운데 내가 가장 존귀한 존재이다.

I am my own Lord through heaven and earth.

\- 붓타Buddha

우리가 마음먹은 대로 인생이 잘 풀린다면 얼마나 좋을까? 그러나 이 세상의 누구도 자기가 마음먹은 대로 다 성취하는 사람은 없다.

　여러 번 좌절을 겪다 보면 자신을 신뢰하지 못할뿐더러 실망감도 커진다. 계획했던 일이 잘 풀리지 않는다면 또다시 도전하고 새로운 계획을 세우면 된다. 그러나 자기 자신에 대해 낙담하고 자포자기해 버리면 모든 희망이 사라진다.

　자기 자신을 포기하는 것은 곧 절망이다. 자기가 무능한 사람으로 느껴질 때, 이 세상에 쓸모없는 존재라고 여겨질 때, 다른 사람에게 짐만 된다고 생각될 때, 이러한 생각이 지나치면 모든 것을 포기해 버린다. 자포자기라는 육체적 죽음 못지않은 이 심리적 공황을 우리는 어떻게 극복해야 할까?

세계는 나와 나를 둘러싼 모든 사상事象으로 구성되어 있다. 나무, 집, 별, 직장, 남편, 아내, 학교, 명예, 신, 권력, 나라 등 모든 것은 사상이다. 내가 존재하기에 사상도 존재하므로 이 사상은 언제나 내게 의지해 존재한다. 내가 없으면 사상도 없다. 이것은 사상 자체의 실체를 부인하는 것이 아니라 실체의 존재는 내가 존재할 때 확인할 수 있고 의미도 지닌다는 말이다.

나는 모든 것에 우선한다. 나는 지구와 우주의 어느 것보다도 소중하며, 나는 그 자체로 의미가 있다. 모든 존재의 의미와 가치는 나로부터 시작된다. 따라서 자신에 대한 포기란 있을 수 없다. 자기만 건재하면 나의 외부에 있는 사상들은 언제나 새롭게 다시 구성할 수 있다.

부처는 도솔천에 있다가 하강하여 마야 부인의 태중에 들어갔다가 마야 부인의 옆구리를 열고 나와 일곱 걸음을 걸으며 "천상천하 유아독존"이라 외쳤다고 한다. 하늘과 땅, 온 우주 공간에 나 홀로 존재한다는 천상천하 유아독존은 달리 생각하면 외부의 조건이 절대적인 기준이 아니라는 뜻이다.

하늘과 땅, 온 우주 공간에 나 홀로 존재한다는 것은 극단적 이기주의로 오해하기 쉽다. 그러나 절대 그렇지 않다. 자신에 대한 희망을 포기한 사람은 되는대로 인생을 살지만, 자신을 소중히 생각하는 사람은 자신과 불가분의 관계를 맺은 자연과 우주 그리고 사람을 사랑하고 귀하게 여긴다.

미국의 한 강사는 수많은 사람이 모인 세미나를 마칠 때마다 특이한 행동을 한다. 청중에게 강의 도중 갑자기 호주머니에서 100달러짜리 지폐를 꺼내 들고는 묻는다.

"여기에 돈이 있습니다. 이걸 원하는 사람은 손을 높이 드세요."

그러면 대부분 청중은 손을 번쩍 든다.

"먼저 제 손을 잘 보십시오."

그러고는 100달러짜리 지폐를 손으로 마구 구겨버린다.

"자, 이래도 이 돈을 갖고 싶으세요?"

강사의 예기치 못한 행동에 놀라면서도 청중은 고개를 끄덕인다.

강사는 지폐를 바닥에 던지고는 구둣발로 짓밟는다. 그리고 구겨지고 더럽혀진 100달러짜리 지폐를 손에 들고서 아직도 이 돈을 갖고 싶으냐고 다시 묻는다. 그래도 대부분 청중이 손을 들고 가지고 싶다고 하자 그 강사는 매우 단호한 목소리로 말한다.

"제가 이 100달러짜리 지폐를 아무리 발로 짓밟고 손으로 구기고 더럽혀도 그 가치는 전혀 줄어들지 않습니다. 이 지폐는 언제나 100달러의 가치를 가지고 있습니다. 우리도 인생이라는 무대에서 수없이 짓밟히고 낙오하고 더럽혀질 수 있습니다. 낙오라는 이름으로, 실수라는 이름으로, 잘못이라는 이름으로 겪게 되는 상처와 쓰라림……. 그러한 아픔을 당하면 많은 사람이 자신을 쓸모없는 존재라고 여깁니다. 하지만 놀라운 사실은 당신이 비록 힘든 상황에 있더라도 당신의 가치는 그대로라는 것입니다. 마치 이 지폐가 이렇게 구겨지고 짓밟혔어도 그 가치가 여전하듯이 말입니다."

자책은 자신의 좋은 면을 보지 못하게 하며, 비난은 타인의 좋은 점을 보지 못하게 한다. 누군가 "당신은 인생을 살 자격이 없어"라고 모욕적인 말을 하면서 당신을 비난한다면 "내 인생의 자격을 그대가 주는 게 아니지"라고 대답하라.

　또 자책하는 마음이 들거든 자신에게 담담히 말하라.

　"나는 온 우주에 하나밖에 없는 소중한 존재야."

행복을 부르는 한마디
나는 가치 있고 소중한 존재이기에
나 자신을 미워하지도,
자책하지도 않겠다.

악담은 걸러내고 덕담은 받아들여라

나는 자주 별들이 반짝이는 밤하늘을 본다. 저 별들은
기둥 없이도 여전히 하늘에서 떨어지지 않는다.

Recently I have been looking up at the night sky,
spangled and studded with stars, and I found no pillars
to hold them up. Yet they did not fall.

- 마틴 루서 킹Martin Luther King

한 여인이 카운슬러에게 편지를 보냈다. 그 여인의 고민은 이웃에 새로 이사 온 신앙에 열성적인 사람이 자기를 볼 때마다 "당신처럼 믿으면 심판을 피할 수 없다. 나처럼 열성적으로 믿음을 가져야 구원받을 수 있다"라고 말한다는 것이었다.

심판을 받는다는 소리를 듣고 불안하지 않을 사람이 어디 있겠는가. 이 여인은 불안을 달래려고 이 사람, 저 사람을 붙들고 물어보아도 신통한 대답을 듣지 못해 카운슬러에게 도움을 청했다.

카운슬러는 신문 지면을 빌려 그녀에게 답장을 썼다.

"내버려두세요. 남에게 경고하고 심판하는 것을 일생의 목적으로 삼고 사는 사람들이 있답니다."

이 한 장의 편지로 그 여인은 불안을 멀리 쫓아버릴 수 있었다.

인지심리학에는 '예언추수기능'이라는 용어가 있다. 이는 남이 하는 말을 듣고 그 말대로 움직일 수 있다는 것을 말한다. 특히 이성적 판단보다는 감정에 쉽게 좌우되는 사람들일수록 예언추수기능이 크게 작용한다. 다시 말해 귀가 얇아 남의 말에 잘 현혹되는 사람일수록 농담, 진담, 악담, 덕담을 가리지 않고 새겨두므로 그 말들이 잠재의식에 남아 이리저리 끌려다니는 인생을 산다는 것이다.

예언추수 현상은 누구에게나 적용된다. 예를 들면, 누군가 당신에게 "갈수록 아름다워지십니다" 혹은 "갈수록 안되어 보이네요"라고 했을 때 기분이 어떨지 상상해보라.

예언은 다른 것이 아니다. 우리가 내뱉는 말이 곧 예언이다. 친구, 직장 동료, 연인에게 은연중에 던지는 말들이 하나의 예언처럼 작용하는 것이다.

　가난한 목사의 아들인 하인리히 슐리만^{Heinrich Schliemann}은
성탄절에 아버지로부터 책 한 권을 선물받았다. 그 책에
서 슐리만은 그리스군의 침공으로 불타는 트로이를 보
았다. 슐리만은 호기심 어린 눈으로 아버지에게 물었다.
　"아버지, 정말 그리스와 트로이가 싸웠나요?"
　"그래, 모든 나무에는 뿌리가 있듯이 트로이도 어딘가
에 그 흔적이 있을 것이다. 네가 찾아보렴."
　어린 슐리만은 아버지 말을 가슴에 품었다. 가난 때문
에 학업을 계속할 수 없게 되자 슐리만은 열네 살부터 점
원, 사환, 선원 생활을 거쳐 스물네 살에 무역회사를 만
들어 돈을 모았다. 서른여섯이 되던 해에 사업을 다 정리
하고 어린 시절 아버지가 심어준 트로이 유적 발굴의 꿈
을 이루려고 탐사 여행을 떠났다.
　주위의 모든 사람이 몇천 년 전의 유적을 어떻게 찾을
수 있느냐고 비웃었다. 단지 책에만 나오는 트로이가 꾸
며낸 신화일 수도 있는데 돈키호테처럼 무모하게 사업을
그만두고 덤벼드는 것을 보고 사람들은 수군거렸다.

슐리만은 그런 비난을 뒤로하고 여기저기서 자료를 모아 찾아나선 끝에 트로이 전쟁의 현장이 튀르키예 해안에 있는 히사를리크 언덕임을 확인했다. 그는 아내와 함께 히사를리크를 파기 시작했다. 계속 파도 나오는 것은 돌과 흙덩어리뿐이었다. 그렇게 4년 동안 발굴 작업을 계속한 결과 그리스의 문장文章인 조개무늬 금관 하나를 발견했다.

이 소식을 듣고 비로소 각국에서 지원을 시작했고, 히사를리크 언덕에서 트로이 유적이 하나하나 나타날 때마다 사람들은 탄성을 질렀다. 신화의 이야기에나 등장하던 트로이 유적은 가난한 아버지가 아들에게 심어준 희망으로 세상의 빛을 보게 된 것이다. 슐리만은 어릴 적 아버지한테서 듣고 품게 된 트로이 유적 발굴의 꿈을 50년 만에 이뤄냈다. 이렇게 부모의 격려, 교사의 칭찬 한마디, 동네 어른의 따뜻한 인정을 듣고 인생의 진로를 바꾼 사람이 많다.

당신의 마음 밭에는 어떤 씨가 자라는가? 황금의 씨 앗인가 아니면 독초인가? 물론 두 가지 다 있을 수 있다.

독초는 뽑아버리고 황금의 씨앗은 잘 길러라. 때로는 사기꾼이나 싸움꾼이나 사이비 종파 지도자들이 예언추수 기능을 이용하여 다른 사람들 마음에 독초를 뿌리기도 한다. 하지만 예언추수기능은 그 말에 권위를 부여하고 인정할 때만 작용한다. 사실 예언자는 없다. 예언을 받아들이고 실행하는 추종자들이 있을 때 예언이 현실로 나타나는 것이다. 자신에게 무익한 말을 유익한 자양분으로 바꿀 수 있다면 그것은 큰 자산이 될 것이다.

한 젊은이는 학창 시절 어머니가 가출하여 알코올의 존증인 아버지 밑에서 자라다가 결국 집안 형편이 어려워져 중도에 학업을 포기할 수밖에 없었다. 한 연구소에서 그 청년의 인성검사를 한 결과 그가 가지고 있는 능력이 매우 탁월하다고 평가했다. 이 연구소의 선임연구원은 이렇게 말했다.

"성숙한 인격은 환경의 문제가 아닌 극한 어려움과 모진 학대의 말들 그리고 시련을 어떻게 대하느냐의 태도에 달려 있습니다."

이 젊은이는 아버지에게 매를 맞으며 '못난 놈', '평생

빌어먹을 놈', '그 어미에 그 자식' 등의 말을 무수히 들었다. 청년은 아버지 말처럼 자꾸만 자신이 못나 보이고 추해 보일 때마다 이렇게 다짐했다.

"나는 연꽃이다, 나는 연꽃이다. 쓰레기 같은 말들도 다 소화해내 인생의 꽃을 환하게 피우는 연꽃 같은 사람이다."

연꽃은 깨끗한 모래밭에는 살지 않는다. 온갖 더러운 찌꺼기와 앙금들이 뒤섞여 있는 진흙탕에서 모든 요소를 다 빨아들여 유용한 물을 만들어내고 꽃을 활짝 피운다.

주위에서 아무리 자신을 괴롭히는 말을 듣더라도 그 말을 그대로 받아들이지 말고 좋은 말로 바꿔 되새겨라. 아름다운 연꽃으로 승화된 자신을 보게 될 것이다.

행복을 부르는 한마디

언제 어디서나 어떤 말을 듣든
내게 유익한 것으로 소화해 내겠다.

내 의지대로 산다

행복과 성공의 황금 열쇠는 당신이 경험한 것을
어떻게 해석하느냐에 달려 있다.

One of the golden keys to happiness and great sucess
is the way you interpret events which unfold before
you.

- 로빈 샤르마Robin Sharma

어느 날 나는 강의를 나가면서 주사기 모양을 한 기다란 향수병 두 개를 가져갔다. 나는 사람들에게 한 병은 백합 향수이고, 다른 한 병은 장미 향수라고 소개한 뒤 모두 잠시 고개를 숙이라고 했다. 그런 다음 병 하나의 마개를 열어 공중에 뿌렸다. 그러고는 어떤 향수인지를 물었다.

　사람들이 서로 장미 향수, 백합 향수라고 말하는 소리로 잠시 장내가 시끄러워졌다. 그러나 사실 두 병에 들어 있는 것은 수돗물일 뿐이었다. 사람들은 단지 백합향과 장미향에 대한 이미지를 가지고 대답을 찾으려 했던 것이다. 아무 냄새도 나지 않는 맹물이 금세 고급 향수 취급을 받은 것이다.

당신은 당신의 자아 이미지를 어떻게 생각하는가? 누구나 다 자기 이미지를 가지고 있다. 자기 이미지는 본래 실체와 전혀 관계없을 수도 있고 매우 비슷할 수도 있다. 그러나 자기 스스로 규정한 자기 이미지에는 대단한 힘이 있으므로 그 이미지에 따라 현재 모습이 달라진다.

이는 실험으로 알 수 있다. 당신 자신을 매우 음험하고 위험한 인물이라고 생각해 보라. 얼굴빛이 달라지고 말투나 행동이 독일의 게슈타포와 비슷해짐을 느낄 것이다. 반대로 아주 선량한 성자나 평화주의자라고 생각해 보라. 어느덧 잔잔한 미소와 부드러워진 눈매로 돌아온다.

한번은 대학 시절 학생 운동을 하다가 구로공단 노동 현장에 뛰어들었던 한 분에게 자신의 이미지를 어떻게 생각하느냐고 물은 적이 있다.

그는 치열했던 학생 운동의 선봉에 서서 당시 부조리

한 기득권에 대항해 양손에 화염병을 들었던 이미지를 간직하고 있다고 말했다. 나는 그에게 그때는 힘든 시절이었고, 당신이 치렀던 희생이 오늘 우리 사회의 진보를 가져온 것은 가치 있는 일이라고 말해주었다.

그러고는 과격한 자기 이미지를 버리고 앞으로는 맨발의 성자 간디처럼 평화로운 개혁주의자 이미지로 바꾸라고 권했다. 그는 혼란스러워했다. 정신적 탈진 상태에서 심한 우울증이 나타나자 그는 다시 나를 찾아와 병원에서 치료받아야 하느냐고 물었다. 나는 그에게 다시 권고했다.

"자기 이미지만 공격적 이미지에서 간디나 테레사 수녀처럼 고요한 개혁자 이미지로 바꾸시면 됩니다. 물론 하루아침에 우울증이 치료될 수도 있지만, 대개는 천천히 그러나 확실하게 치유되어 심지가 매우 강한 사람으로 바뀔 겁니다."

현재 그는 그 어느 때보다 심신이 건강한 사람이 되어 시민단체를 잘 이끌며 어두운 곳을 밝히는 일에 힘쓰고 있다. 이처럼 자기 이미지는 곧 자기 해석이다. 자기 해석의 도구는 학습, 경험, 위치, 의도 등이다.

우리 뇌에는 모든 경험과 학습 내용이 스냅 사진처럼 저장되어 있다. 이 저장된 내용과 사회적 위치가 더해져 사람들은 자기 자신의 이미지를 만들어낸다. 그래서 우리는 보는 것, 듣는 것에 유의할 필요가 있다. 그리고 만들어진 자기 이미지는 마지막으로 우리 의도가 검열하여 수정하고 보완하거나 변경하여 확정한다. 따라서 자기 이미지의 최고 결정권은 자기 의도가 쥐고 있다. 똑같은 환경과 똑같은 학습 과정, 엇비슷한 경험을 한 형제라도 다른 자기 이미지를 갖는 이유가 바로 여기에 있다.

당신의 이미지는 어떤가? 다른 사람이 보는 것이 아닌 자신이 스스로 해석하는 이미지 말이다. 긍정적·적극적이고 재치 있고 온화한 이미지를 만들어라. 이미지는 실제 우리의 시각, 후각, 미각, 촉각, 청각까지도 지배한다.

티베트의 승려들은 수련 과정으로 엄동설한에 웃옷을 벗고 광야에 서서 "덥다. 아, 덥다"라고 자기암시를 주어 온몸에 땀을 비 오듯 흘린다. 소련의 냉동 화물열차나 티베트의 승려, 강연장의 향수 냄새 등은 모두 실체와 전혀 관계없는 자기 이미지로 연출된 것이다. 이처럼 어떤 자기 이미지를 갖느냐는 생사마저도 결정한다.

　자기 이미지는 자기 해석이며 자기 해석은 자기가 의도한 대로 된다. 어떤 일을 시작하기 전 그 일에 제일 적합한 자기 이미지를 의도한 대로 만들라.

행복을 부르는 한마디

성품과 감성, 운명까지도
내가 의도하는 대로 만들겠다.

노이로제는 허상일 뿐이다

죄책감은 경험에서 비롯하며 지독한 죄책감은
나쁜 경험에서 온다.

Judgement comes from experience, and great
judgement comes from bad experience.

- 로버트 팩우드 Robert Packwood

21세기를 사는 우리는 그 어느 때보다 과중한 업무와 변혁의 회오리 속에서 온갖 스트레스에 시달리고 있다. 이 스트레스를 제대로 풀지 못하면 곧 노이로제에 걸린다. 과거에 없던 신종 노이로제가 얼마나 많이 생겼는가?

　고소공포증, 각종 강박관념, 의처증, 의부증, 신경증 등 모든 것은 스트레스에서 비롯한 노이로제의 한 증상이다. 외부의 스트레스가 육체에 가해지면 아드레날린이 혈중으로 투여되면서 맥박이 빨라지고 혈류량이 증가한다. 호흡도 가빠지면서 근육은 긴장 상태로 돌입한다. 나름대로 외부의 위협에 대처하려고 계엄령을 선포하는 것이다. 이렇게 스트레스로 과부하가 걸리면 신경이 약해지면서 신경성이 생기게 된다.

이처럼 각종 노이로제를 양산하는 스트레스의 유발 인자로는 외적 인자와 내적 인자가 있다. 외적으로는 이별, 소외, 사망, 교통 체증, 낙방 등 여러 가지가 있다. 그러나 전문가들은 외적 인자는 내적 인자만 조절하면 충분히 견뎌낼 수 있다고 한다. 스트레스의 내적 인자에는 자기 혹평, 독선적 성격, 부정적 인식, 비현실적 기대 등이 있다. 외적 인자는 우리가 쉽게 바꿀 수 없지만, 내적 요소는 얼마든지 바꿀 수 있다. 스트레스의 내적 인자만 바꾸면 우리는 어떤 스트레스든지 견딜 수 있고 스트레스 관리 지수도 높아질 것이다.

노이로제는 고대에 전혀 없었던 것은 아니지만 급속히 경제 성장을 하면서 경제 발전 속도만큼이나 사람들 사이에서 증가 추세에 있다. 특히 생활환경이 기계화되고 근육을 움직여 땀 흘려 하는 일이 적어지면서부터 그러했다.

온갖 악천후와 약육강식의 정글에서도 거뜬히 살아가던 야생 짐승들도 사람의 손에 길러지면 사람과 똑같이 신경이 쇠약해진다고 한다. 길든 동물들은 작은 자극에도 스트레스를 잘 받고 노이로제성 행동을 보인다.

몸을 심하게 쓰면 피로해진다. 피로는 신체의 에너지가 고여 있는 것이다. 이와 마찬가지로 스트레스는 생각이 고여 있는 것이며, 노이로제는 생각이 고착되어 엉겨붙어 있는 것이다. 그러므로 노이로제는 없는 것이다. 생각은 생각일 뿐 실체가 없기 때문이다.

노이로제는 가상으로 만들어진 것일 뿐 실제는 아니다. 이 사실은 불변의 진리다. 고소공포증을 예로 들어보자. 사람들은 대개 5층 높이를 가장 무서워한다고 한다. 엘리베이터를 타고 옥상에 내렸다. 그렇다면 왜 무서워해야 하는가? 받침도 없는 허공에 매달려 추락할 위험이 있다면 누구나 당연히 겁을 내겠지만 고소공포증은 안전한 장소인데도 단지 높다는 이유만으로 겁을 내는 것이다. 위험하지 않음에도 두렵다는 생각이 자신을 옭아매는 것이다.

노이로제의 어원은 '의심하다'이다. 당신은 쓸데없는 의심, 하지 않아도 될 의심을 하고 있지는 않은가? 노이로제는 허구이며 거짓에 대한 거짓 믿음일 뿐이다.

　　'노이로제에 걸렸다'는 표현은 잘못된 것이다. 우리는 이제부터라도 그 표현을 바꿔야 한다. 즉 노이로제에 걸렸다가 아니라 '노이로제가 있다고 착각하고 있다'라고. 이렇게 표현만 바꿔도 노이로제는 없앨 수 있다.

행복을 부르는 한마디

**나는 기억과 경험에 얽매이지 않고
기억과 경험을 지배하겠다.**

모든 일은 사소하다

개가 달을 보고 짖어대도 달은 전혀 부끄러워하지 않는다.

The moon is not shamed by the barking of dogs.

- 미국 속담

모든 노이로제에 대한 완전한 치료는 자기 자신에게
달려 있다. 이렇게 치유된 노이로제는 재발하지 않는
다. 마치 성장기에 뼈가 부러지면 부러진 자리에 단단
한 액이 나와 부러진 자리가 더 튼튼해지는 것처럼 어
떤 노이로제든 잘 해결한다면 노이로제에 강한 사람이
될 수 있다.

　다시 한번 마음에 새겨두라. 절대 사소한 일에 스트레
스를 받지 마라. 모든 것은 다 사소한 일이다. 지구가 생
겨나고 인류가 탄생해 오늘날까지 지속하는 동안, 모든
생명체와 인류가 그 종種을 후대에 남기며 살아오는 동

안 각 개체에 '이것은 세상에서 제일 소중해', '이보다 더 큰 일이 지구에 있을 리 없어'라는 생각이 얼마나 많았겠는가? 아마 지구 위에 살다 간 개체수보다 훨씬 많을 것이다. 그러나 여전히 지구는 돌고 문명은 발전하며 사람들은 참행복을 찾는다.

영국의 식물학자 앨프리드 러셀 월리스Alfred Russel Wallace는 어느 날 그의 연구실에서 애벌레 한 마리가 고치에서 빠져나오려고 발버둥 치는 것을 보고는 안쓰러운 생각에 고치를 찢어주었다. 그는 나비가 곧 고치에서 나와 날개를 펴고 힘껏 날아가기를 기대했다. 그런데 월리스의 생각과 달리 나비는 날려는 시도만 하다가 그만 날지도 못하고 그대로 죽어버렸다.

월리스는 나비가 고치를 뚫는 일에 심한 스트레스를 받을 것으로 생각했던 것이다. 그러나 나비는 그 스트레스를 충분히 견딜힘이 있고 고치를 뚫고 나오는 과정에서 비상할 힘이 생겨나는 것이었다.

신경이 약하면 모든 일에 예민해져 스트레스를 받는

다. 왜 아무것도 아닌 일이 당신 신경을 그토록 거슬리게 하는가? 그 일이 당신에게 스트레스를 주는 것이 아니다. 그 일에 대한 신경 반응 메커니즘에 따라 당신은 얼마든지 스트레스를 조절할 수 있다.

스트레스를 스트레스로 여기지 않으면 모든 노이로제는 그 힘을 상실한다. 회사에 들어가 겪는 스트레스도 마찬가지다. 따라서 스트레스보다는 스트레스를 대하는 자세, 마음가짐이 중요하다. 스트레스에 대한 발상의 전환도 필요하다. 모든 일을 스트레스로 여겨 얼굴을 찌푸리고 대하지 말고 신선한 자극과 도전 그리고 삶의 한 과정으로 받아들여라.

공자가 노이로제에 대한 처방을 내린 말이 있다. "아는 것은 좋아하는 것만 못하고 좋아하는 것은 즐기는 것만 못 하다知之者不如好之者好之者不如樂之者." 노이로제는 의심이다. 사실 기능적으로 아무런 문제가 없는데도 잘못된 의심을 떨쳐버리지 못해 심리적 고통을 당하는 것이다.

테레사 수녀는 함께 일하는 사람들이 힘들어하면 이렇게 말했다. "누가 무슨 말을 하든지 신경 쓰지 말고 웃음으로 넘기며 하던 일을 계속 즐겨라."

노이로제와 스트레스에서 벗어나려면 이 두 가지만 유념해도 좋아질 것이다. 첫째, 노이로제는 거짓 환상에 불과하며 실체가 없다. 둘째, 무엇인가에 심취하고 즐기면 스트레스는 당연히 사라진다. 《성경》에도 이러한 말씀이 있다. "어떤 시련을 만나더라도 온전히 기쁘게 여기라." 스트레스를 인생의 깊이와 맛을 더해 주는 하나의 양념으로 생각하면 노이로제는 없다.

행복을 부르는 한마디

노이로제와 스트레스는
나의 인생에 맛을 내는 양념이다.

그대여, 영혼이 담긴 자기암시를 하라

영혼에 대한 새로운 정의는 신기한 창의성이며
새로운 심리유형의 기반이다. 심리적 영역에
팩트는 없고 해석만 있을 뿐이며, 우리 내면의 변화가
곧 외부 현실의 변화를 불러온다.

The new meaning of soul is creativity and mysticism.
These will become the foundation of the new
psychological type. In the psychical sphere there are
no facts, but only interpretations of them. What we
achieve inwardly will change outer reality.

- 오토 랑크Otto Rank

영혼이란 무엇일까. 고대인은 신이 진흙으로 사람을 만들고 영혼을 불어넣었다고 보았다. 그러면 사람이 죽더라도 육체는 흙으로 돌아가지만 영혼만큼은 영원불멸의 존재로 남는다. 여기서 천국과 지옥이 나왔고, 구세주나 염라대왕 등도 필요했으며, 생전에 얼마나 신을 섬기고 그의 뜻을 따라 살았느냐 아니냐로 축복과 저주는 물론 내세의 향방까지 결정되었다.

이와 같은 인류의 오래된 믿음이 다윈의 진화론이 분자유전학의 발전으로 과학적으로 확증되면서 무너졌다. 인간도 동식물과 다를 바 없이 자연의 산물일 뿐이라는 것이다. 동시에 영혼을 만든 신도 인간의 뇌가 만든 허구로 드러나게 되었다.

영혼이 있어야 귀신도 있고 천국도 있고 지옥도 있을 것 아닌가. 영혼이 없다면 어떤 내세도 없게 된다. 거기서 끝나지 않는다. 서구철학이 지난 2,500년 동안 논쟁을 벌여온 본질로서 가치도 역시 의미가 없어진다. 이제 영혼에 대한 새로운 정의가 필요해졌다. 심리학에서는 더는 영혼을 신과 교감하는 실체로 보지 않고 인간 심리의 한 부분인 중의적 신비감으로 본다.

우리는 어느 때 창의적 신비감을 느끼게 될까? 무엇인가에 대해 강력한 호기심을 가질 때이다. 누군가를 좋아하고 무엇엔가 매료되어 본 적이 있는가? 바로 그 느낌을 '내 영혼을 바쳐서'라고 한다. 우리가 무엇을 이루고자 할 때도 먼저 내 속에서 강력한 호기심이 일어야 한다. 그 호기심으로 무엇인가를 이루고자 할 때 외부의 현실도 변하는 것이다. 무엇을 하든 호기심이 중요하다. 그것도 신비로운 호기심이. 이런 호기심을 잃어버리면 동기부

여가 잘되지 않는다. '잘하던 짓도 멍석 깔아 주면 안 한다'고 했듯이 누가 뭐래도 내 안의 신비로운 호기심이 작동해야 한다.

신비로운 호기심은 신기하게 본다는 것이다. 이런 호기심이 있으면 쉽사리 포기하지 않고 없으면 곧 식상해한다. 물론 태양 아래 새로운 것은 없다. 만물의 작동원리가 물리이고 만물의 구성원리가 화학이라면 심리는 마음의 작동원리이다. 심리를 제일 자극하는 것이 신기하게 보이는 것이다. 심리가 자극되는 부분이 사람마다 집단마다 각기 차이가 있다. 동일한 대상을 놓고도 그 대상과 개인들 사이에 추론이 달리 일어나기 때문이다. 이추론은 사이언스처럼 정확하지 않다. 동일한 자극에도 얼마든지 다른 반응을 보일 수 있다. 그중에 가족이나회사, 학교 등 집단 사이의 상호작용일 경우 더더욱 예측이 어렵다. 원리에 따라 돌아가는 물리와 달리 심리는 의지에 따라 제각기 작동하기 때문이다. 바로 이 의지가 호기심과 깊이 관련되어 있다. 어떤 호기심을 품고 있느냐에 따라 대상에 대한 충동이 일어나기도 하고 사라지기도 한다. 호기심에 따라서 대상도 다르게 보이고 이런 시각 차이에서 해석 차이가 일어난다.

　사람들은 세상 모든 것을 자기 시각대로 해석한다. 심리적 영역에 팩트가 없는 것이다. 만약에 꼭 해내야만 할 어떤 일이 있다고 하자. 그 일이 마음에 들면 좋지만 마음에 들지 않는다면? 이럴 때 자기암시가 필요하다. 일단 그 일에 호기심을 불러일으키려고 이 일이 내게 참 좋다는 암시를 하라. 그러다 보면 그 일로 인한 좋은 부분이 부각된다. 세상에 어떤 일이든 다 장단점이 있기 마련이다. 자꾸 호기심을 가지려고 하다 보면 그 일의 장점이 단점보다 더 다가오기 마련이다. 그래야만 그 일을 하려는 의지가 일어나고 긍정적인 방안도 떠오른다. 그와 달리 아무리 좋은 일도 하기 귀찮다는 생각만 되뇌면 더 하기 싫어지고 그 일을 결코 해낼 수 없다. 어차피 해야만 할 일이고 하기로 했으면 정말 즐거운 일이라고 스스로에게 암시를 주어라. 자기암시는 아직 진화과정의 정상에 서 있는 인간만의 유일한 특권이다.

어떤 일을 하든 억지로 하는 경우와 원해서 하는 경우에 성과 차이가 두 배 이상 난다. 세상일이 다 그렇다. 솔직히 내가 좋아하는 일보다 싫어하는 일들이 훨씬 더 유익한 경우가 많다. 나 자신을 포함해 어느 누구와 무슨 일을 하든지 일하는 당사자의 의지를 고양하는 말과 행동을 한다면 바로 그 일에 영혼을 쏟아붓는 것이다. 이를 혼신을 기울인다고도 한다. 힘들고 신경 쓰여서 하기 싫어도 유익한 일이면 자기암시를 주어 영혼을 담도록 해보라. 그래야 그 일에 대해 창의력도 솟구치는 것이다.

행복을 부르는 한마디

난 말이야, 무엇을 하든 한번 시작했다 하면
설령 귀찮은 일이라도 내 영혼을 바쳐서 해낼 거야.
나는 그런 사람이야…….

나의 변신은 무죄다

지식은 과거 것이니 지식이 아닌 지혜를 구하라.
Seek wisdom, not knowledge, Knowledge is of the past,
Wisdom is of the future.

- 미국 속담

인간은 자연에서 나와 자연과 공존할 뿐 아니라 자연
을 다스리는 존재로까지 진화했다. 인간 속에는 자연의
여러 요소가 총체적으로 들어 있다. 히브리 경전에는 인
간에게는 사자의 용맹함과 독수리의 민첩함, 황소의 힘
이 있으며 여기에 지혜가 더한다고 말한다. 우리에게 들
어 있는 여러 가지 요소는 시대별로 다르게 나타난다.

　봉건사회는 농경을 기반으로 한 사회이다. 들소처럼
우선 힘이 있어야 했다. 들소는 들소 무리의 리더에게 절
대복종한다. 농경민들은 신분제 사회의 질서에 순응해

야 했다. 그러나 증기기관이 발전하여 기계의 동력인 모터가 발명되면서 산업혁명과 함께 꽃핀 산업자본주의 시대에는 들소 스타일보다는 돌고래 스타일이 적합하다.

고래는 거대하다. 고래는 무리를 이루면서 뇌 속의 수중 음향 장치로 서로 의사를 주고받으며 생활한다. 산업자본은 거대화와 집중화가 필요하며 서로 원활한 의사소통을 바탕으로 생산과 소비의 조화를 이룬다.

산업자본주의가 고도로 발달한 다음에 정보사회로 넘어오면서 적합한 유형은 카멜레온 스타일이다. 산업사회에서는 자본이 정보를 지배한다. 그 결과 모든 정보를 관료나 거대자본가와 사회의 소수 리더가 쥐고 있었지만, 정보사회에서는 정보가 자본과 거의 대등한 힘을 가지며 더 막강한 영향력을 행사하기도 한다.

그런데 정보는 두 가지 속성을 지녔는데, 하나는 큰 자본 없이도 개인의 의지와 역량에 따라 얼마든지 소유할 수 있는 정보, 다른 하나는 빨리빨리 변하는 정보이다. 그래서 이 시기에 필요한 이미지는 카멜레온과 같은 사람이다. 카멜레온은 변신에 능하다.

카멜레온은 먹이가 사정거리 안에 들어오면 순간적으로

혀를 내밀어 낚아챈다. 주변의 변화를 잘 읽으며, 자기 보호에 능해 빛이나 온도, 감정의 변화 등으로 쉽게 변신한다. 정보사회는 소규모, 소량으로 맞춤 생산하는 사회이다. 이러한 정보사회는 재빠른 변화와 변신을 요구한다.

정보사회와 중첩하여 시작된 생명 창조 사회는 카멜레온과 같은 변신의 천재보다는 아메바 스타일을 원한다. 아메바는 카멜레온과는 비교가 안 될 정도로 작다. 그만큼 생명 창조 사회는 조직과는 관계없이 거의 단자單子 단위의 사회가 된다. 카멜레온과 아메바의 비슷한 점은 쉽게 적응한다는 점이다. 그러나 차이점은 카멜레온이 피부색을 잠시 변화시킬 뿐이라면, 아메바는 일시적으로 변하지 않고 그냥 그대로 환경에 동화되고 적응한다는 점이다. 물론 개체는 유지하면서 모양이나 존재 양식만 변화시킨다.

21세기로 접어들면서 '아메바 기업'이라는 새로운 개념의 기업 형태가 등장했다. 연체동물처럼 필요에 따라 분리와 합체를 하며 경영자 역시 유연성이 필요한 기업을 뜻한다. 아메바 기업에서는 전문성을 갖춘 사람들이 운영 사안에 따라 각자의 주특기를 충분히 발휘해 모든 것을 유기적으로 결합해서 그 기업만의 독특한 인프라를 구축한다.

이제 사회는 구태의연한 틀에 얽매이기를 거부하고 창의적 사고를 원한다. 우리는 구태의연한 사고를 버리고 백지상태로 두려는 노력을 기울여야 한다. 아메바는 규정하고 분류하는 지식에는 관심이 없으며 다만 내일과 연결된 지금, 왜, 무엇을, 어떻게 해야 하는지에 관심을 쏟는다.

21세기는 평생직장이 아닌 평생직업을 가지고 살아가는 시대이다. 따라서 영웅주의에 빠져 있거나 권위주의에 젖어 있어서는 안 된다. 언제 어디서든 누구와도 함께 어울려 즐기면서 일하라.

행복을 부르는 한마디

나는 나만의 스토리를 가지고 일하면서
언제 어디서나 어떤 사람과도
조화를 이루며 살겠다.

우울은 성숙의 비타민이다

매일매일은 새 삶을 시작하는 새로운 기회이다.

Every day is a new chance to start living a new life.

- 로빈 샤르마Robin Sharma

인생을 살다 보면 우리를 우울하게 하는 일이 많다. 사랑하는 사람들과의 이별이 우울하게 한다. 주변에 있는 사람들과의 이별 또한 우울하게 만든다. 목숨보다 소중하게 생각했던 가치들을 시간이 흘러가면서 귀찮은 일들로 치부해 버리는 자기 모습을 보면 우울해진다.

　특히 미래가 불투명할수록 우리는 우울증을 자주 경험한다. 세기적 전환의 시기에는 우울증을 겪는 사람이 많다. 지금까지 살아온 삶의 방식을 포기하고 새로운 삶의 방식을 강요받는 상황에서 어느 누가 우울하지 않겠는가.

우울은 그 우울에 집착하면 집착할수록 더 깊어진다. 우울증이 깊어지면 사소한 일에도 신경이 쓰여 과민반응을 보이거나 아예 모든 일에 무심해져 무감각한 상태를 보이기도 한다.

우울은 누구에게나 있다. 누구나 몇 번씩 다음과 같은 경험을 해본 적이 있을 것이다.

'나는 이대로 살고 싶다. 그러나 지금 내가 처한 상황은 다른 방식으로 살아야 한다고 강요한다.'
'나는 이 사람과 헤어지고 싶지 않다. 그러나 이 사람과 헤어져야 한다.'
'나는 지금의 직업을 그대로 유지하고 싶다. 하지만 직업을 바꿔야 한다.'
'나는 내 가치관을 고수하고 싶다. 그러나 그 가치관을 버리지 않으면 소외당한다.'

내게 익숙한 것들을 버리고 낯선 것과 마주해야 할 때 우울한 기분이 드는 것은 당연하다. 또한 결별과 포기

과정에서 우울은 다가오기도 한다.

우리의 성장 과정을 돌아보자. 유치원과 학창 시절, 사랑하는 사람과의 영원한 이별 등을 겪으면서 우리 삶은 그 폭과 깊이가 더 넓어지고 깊어졌다.

사랑하는 사람과 헤어지거나 아껴왔던 것을 버려야 할 때 우울증은 손님처럼 잠시 다가온다. 이렇게 다가온 우울증을 깊이 생각하다 보면 우리의 안목 또한 깊고 넓어진다.

다시 말하지만, 우울은 포기 과정이다. 따라서 우울증은 우리 마음에서 놓지 못하는 것들을 놓아버리면 쉽게 사라진다. 반대로 포기하지 못하면 우울증이 연장되어 더 수렁에 빠질 수 있다. 특히 우울할 때 우울의 원인을 과거의 부정적 경험으로 돌리면 더 우울해진다.

아이들이 크려면 한 번씩 아프듯이 우울은 정신적 성장통이다. 정신적 성장통은 아이 때부터 노년기까지 가끔 찾아와 우리를 시인으로, 철학자로, 자비로운 사람으로 만들어준다. 육체가 성장하려면 낡은 세포를 버리고 새로운 세포를 취하듯이 정신적 성장통은 낡은 자아를 포기하는 과정에서 일어나는 매우 자연스러운 현상이다. 우울은 성숙의 비타민이다.

행복을 부르는 한마디

이별하고 포기하는 것에 집착하지 않으며
매일을 새로운 기회로 여기겠다.

분노는 건드릴수록 더 커진다

나는 그 누구도 더러운 발로 내 마음의 정원을 걸어 다
니지 못하게 한다.

I will not let anyone walk through my mind with their
dirty feet.

- 마하트마 간디Mahatma Gandhi

분노를 비롯한 모든 감정은 때와 장소를 잘 가려서 표출하면 유익할 수 있다. 적당한 때와 장소에서 적절한 감정을 표출하고 그렇지 않은 때와 장소에서 감정을 절제하려면, 먼저 우리의 정신 구조를 이해해야 한다. 인간의 마음 구조는 다음의 그림과 같다.

이성=성품, 가치관, 윤리의식

감정=성격

욕망

의지=적응&조화

생존 본능

　　인간의 마음은 의지와 감정, 이성으로 구성되어 있다. 의지는 본능과 연결되어 있고, 감정은 욕망과 연결되어 있으며, 이성은 학습과 연결되어 있다. 그리고 인간의 정신 구조의 핵심에는 생존 본능이 있다. 이 생존 본능은 적응과 조화의 의지를 지니고 있다. 생존 본능이 곧 행복 본능이며, 행복하다는 말은 적응과 조화라는 말과 동의어이다.

그다음 층이 욕망으로 성욕, 명예욕, 물욕, 지배욕 등의 감성과 관련되며 주로 성격을 보여준다. 마지막으로 도덕과 윤리, 인류의 이상 등이 덧입혀진 것이다.

　욕망, 즉 성품은 문화적이며 시대의 틀을 벗어나지 못한다. 오직 적응과 조화를 통한 생존 본능, 즉 의지만이 본질이다. 우리의 이성이나 감성은 자신의 욕망이 얼마나 그리고 어떻게 수용되고 거절되었느냐에 따라 결정된다.

　인간은 소망이나 욕망이 억압당할 때 분노하게 된다. 따라서 분노 등의 욕망을 잘 다스리려면 욕망의 의지를 본능 의지인 본성에 부합하게 해주면 된다.

　내향적인 사람은 분노가 생기면 그 욕구를 회피하거나 무시하는 방법을 사용한다. 이들은 욕구의 대상에게 정서적 무반응이나 무감동으로 대응한다. 반면에 외향적인 사람은 분노나 욕구를 격렬하게 표현Intense expression of feeling하여 긴장 에너지를 방출하려 한다.

　분노가 속에서 이글거릴 때 내향적인 사람처럼 단순히 회피하면 마음속에 분노가 쌓인다. 그렇다고 외향적인 사람처럼 밖으로 분출하면 성품이 거칠어진다.

분노는 그냥 놓아두면 저절로 가라앉는다. 여기서 그냥 놓아두라는 말은 내성적인 사람들처럼 억누르거나 회피하라는 말이 아니다. 마음의 구조를 다시 살펴보자. 분노는 내 본래 자아에서 온 것이 아니고 단지 욕망의 의지에서 시작되었을 뿐이다. 즉, 욕망의 의지가 본성을 눌렀을 때 분노가 생긴다.

힘의 신인 헤라클레스가 좁은 길을 걸어가는데 그 길 앞에 사과만 한 돌 하나가 떨어져 있었다. 헤라클레스는 자기 앞길에 놓인 돌멩이를 보고는 비웃으며 발로 차버렸다. 그런데 이게 웬일인가? 그 돌멩이가 조금 구르더니 수박만 한 크기로 앞길을 다시 가로막았다.

화가 난 헤라클레스는 그 돌을 절벽 아래로 떨어뜨리려고 온 힘을 다해 발로 차버렸다. 그러나 수박만 했던 돌은 이번에는 커다란 바위가 되어 헤라클레스의 앞길을 완전히 막아버렸다. 흥분하여 이성을 잃어버린 헤라클레스는 자신의 커다란 쇠뭉치로 바위를 힘껏 내리쳤다.

쇠뭉치가 바위를 때리는 순간 바위는 산처럼 커져버렸다. 헤라클레스는 그 산으로 변한 돌덩이를 옮기려고 온 힘을 다했으나 돌은 조금도 움직이지 않았다.

그때 웃음을 머금은 아름다운 아테나 여신이 나타나 태산만 한 돌덩이를 그윽한 웃음으로 바라보자 그 돌덩이는 순식간에 다시 원래의 작은 사과 크기로 돌아갔다.

여신은 이를 보고 놀란 헤라클레스에게 다가가 땀을 닦아주며 말했다.

"저 돌은 만질수록 커진답니다. 마치 당신 속에 있는 분노와 같죠. 분노하면 할수록 분노는 더 커져 자신도 감당하지 못하게 되지요. 하지만 있는 그대로 놓아두고 바라보면 사라지는 것이 분노입니다."

행복을 부르는 한마디

나는 나를 분노하게 하는 것들을
웃음으로 받아들여
나에게 유익하게 하겠다.

4장

지금을
행복하게
살아라

지금만으로도 기쁘다 / 오늘이 내일을 만든다 / 기회는 늘 옆에 있다 / 내일, 내일 하며 또 미루는가 / 창의력은 이렇게 길러라 / 사랑하는 만큼 거리 두기 / 깨어 있는 내가 아름답다 / 시간을 돈으로 바꿀 수 없다 / 행복은 과거도 미래도 아닌 이 순간에 있다 / 마음이 콩밭에 가 있는가 / 작은 인연도 소중하다

지금만으로도 기쁘다

사람은 살려고 태어나는 것이지 인생을 준비하려고
태어나는 것은 아니다. 인생 자체, 인생의 현상,
인생이 가져다주는 선물은 숨이 막히도록 진지하다.

Man is born to live, not to prepare for life. Life
itself, the phenomenon of life, the gift of life, is so
breathtakingly serious!

- 보리스 파스테르나크Boris Pasternak

행복은 과거나 미래에 있지 않다. 행복은 추억이나 욕
망보다도 훨씬 더 근원적이다. 행복은 언제나 내 안에 있
기에 과거로 물러가거나 미래로 달려갈 필요가 없다. 이
순간만이 행복의 실제이다.

　내 마음속 상처나 문제는 단지 우리 기억 속에서만 사
실이다. 과거의 아픔으로부터 우리를 자유롭게 하는 것
은 단지 시간의 흐름이 아닌 사고의 메커니즘을 이해하
는 데 있다.

　명상가이며 영적 지도자로 널리 알려진 마이스터 에크하

르트^{Meister Eckhart}의 가르침은 다음 두 문장으로 요약된다.

"어떤 일도 과거에서 일어나지 않는다. 과거의 일도 사실은 지금 일어난 것이다."

"어떤 일도 미래에서 일어나지 않는다. 미래의 일도 사실은 지금 일어날 것이다."

중세 서유럽 사상의 기초를 다진 아우구스티누스^{Augustinus}의 말처럼 '미래는 현재의 기대 속에 과거는 현재의 추억 속에' 있다.

현재 실재하지도 않는 과거의 아픔으로 자기를 학대하는 사람이 많은 것처럼 오지도 않은 미래 때문에 전전긍긍하며 자신을 괴롭히는 사람도 많다.

미래를 두려워하는 만큼 미래가 좋아진다면 얼마든지 두려워해도 좋다. 그러나 미래 때문에 늘 초조해도 절대로 미래가 바뀌지는 않는다. 오히려 미래의 포로가 되어 정작 오늘의 즐거움을 제대로 누리지 못하고 지나쳐 버릴 수 있다.

토머스 하디^{Thomas Hardy}의 단편 소설《내일》에는 이런 내용이 실려 있다.

한 노인 어부가 아들과 함께 배를 타고 고기를 잡아 근근이 생활했다. 어느 날 노인은 집에 남아 있고 아들은 다른 어부들과 함께 어선을 타고 먼바다로 나갔다.

마침 바다에 먹구름이 끼고 폭풍이 불어닥치자 어부들이 탄 배가 산산조각 났다. 그 배에서 겨우 탈출한 어부들이 배의 나뭇조각을 붙들고 가까스로 집으로 돌아왔다.

그러나 노인의 아들이 며칠이 지나도록 돌아오지 않자 동네 사람들이 불쌍한 노인을 찾아가 위로해 주었다.

"할아버지, 용기를 잃지 말고 사세요."

노인은 주민의 격려에 아랑곳하지 않고 큰 소리로 장담했다.

"내 아들은 반드시 내일, 내일이면 살아서 돌아온다."

그러나 아들은 돌아오지 않았고 그렇게 10년이 흐르는 동안 노인은 늘 '내일, 내일'을 입버릇처럼 중얼거리며 살았다. 그러던 어느 날 기적 같은 일이 일어났다. 조난당했던 아들이 살아서 돌아온 것이다. 동네에서는 잔치를 열고 축제 분위기였다.

그런데 이상한 일은 가장 기뻐해야 할 노인이 달려와

얼싸안으려는 아들을 뿌리친 채 저 아득한 수평선을 멍하니 바라보면서 외쳤다.

"내일, 내일, 내 아들은 내일 돌아온다."

아들은 울면서 아버지를 흔들며 말했다.

"아버지, 내일이라니요. 아들이 지금 여기 이렇게 와 있지 않습니까? 그런데 내일이라니요. 아버지, 제가 여기 돌아왔어요."

노인은 감내하기 어려운 삶의 무게를 내일이라는 환영으로 해결하려 했던 것이다.

내일에 대해 강박증이 있으면 오늘 아무리 즐거운 일이 생겨도 기뻐할 줄 모른다. 머릿속에는 늘 내일의 환영만 가득 차 있기 때문이다.

과거의 추억으로 내일의 불안을 일시적으로는 잠재울 수 있으나 그것이 근본적 해결책이 될 수 없다. 또 과거의 아픔도 미래의 환영만으로는 해결할 수 없다. 오직 이 순간을 살 때만 진정으로 과거를 잊고 미래를 두려워하지 않을 수 있다.

행복은 과거나 미래와 관계없이 지금 여기에 존재한

다. 과거에 일어난 일들은 과거에는 현실이었지만 지금
은 아니다. 오직 아무런 영향도 줄 수 없는 기억으로만
남아 있을 뿐이다. 자신을 사랑하는 사람은 끝나버린 과
거나 막연한 미래를 집착하지 않는다.

행복을 부르는 한마디

미래는 현재의 기대 속에,
과거는 현재의 추억 속에 있다.

오늘이 내일을 만든다

자기 의지대로 사는 사람이야말로 왕이다.

He who can follow his own will is a king.

- 아일랜드 속담

우리의 몸과 마음을 컴퓨터와 같다고 생각해 컴퓨터처럼 외부의 자극과 정보를 우리 뇌와 몸에 입력할 수 있다고 가정해 보자. 어린 시절 친구들, 부모와 선생님, 학교에서의 배움, 직장 생활, 유쾌하고 불쾌한 모든 경험이 데이터가 되어 '현실의 모니터'에 반영된다.

마음의 내부 프로그램에 데이터로 저장된 경험과 인상이 삶으로 출력되어 나오는 과정에서 유능한 프로그래머는 쓸모없는 것은 지우고 필요한 데이터만 끌어낸다.

유능한 프로그래머는 어떤 사람일까? 일단 내 컴퓨터

에 있는 모든 정보를 충분히 활용하고 필요 없는 것은 휴지통에 던져버리는 사람이다. 자기 자신에게 다음과 같은 다짐을 해보라.

'나는 내 기억에서 걱정과 증오, 오만, 부정적인 낡은 습관을 삭제해 버리고, 그 대신 늘 행복을 누리며 행복 가운데 원대한 성공을 다짐하는 지혜를 입력하겠다.'

내 안에 있는 불행한 메시지와 인상을 지우는 데는 어느 정도 시간이 걸린다. 그러나 시작이 반이며 시작과 동시에 성공은 보장된 것이다.

우리를 지배하던 낡고 불행한 습관을 버리면 우리 마음은 컴퓨터처럼 용량이 커지면서 자연스럽게 다음과 같은 생각으로 나아간다. 인생은 '쟁취한 것'이 아니라 '대여받은 것'이다.

인생을 자기 힘으로 쟁취한 것으로 보는 사람은 현재는 물론 지나간 것까지 모두 자기 것으로 여기므로 차마 버리지 못하고 과도한 집착을 보이며 그 안에 머무르려고 한다. 반면 삶을 대여받은 것으로 보는 사람은 인생을 은총으로 느낀다. 자기가 가지고 있던 것 하나하나를

다시 고스란히 넘겨줘야 한다고 생각하므로 자기 삶과
자원을 다 써버린다는 생각보다는 잘 보존해야 한다는
생각으로 낭비하지 않는다.

《벽암록》을 쓴 중국 송나라의 선사 원오圓悟 스님은 스
승 오조법연五祖法演 스님께 법연사계法演四戒를 받았다. 법연
사계는 지금에 충실한 삶을 살아야 하는 우리에게 더할
나위 없이 좋은 말이다.

첫째, 세불가사진勢不可使盡(힘을 다 쓰지 마라). 법연 스님은 "힘을
다 쓰면 반드시 화가 생긴다"라고 말했다. 내가 가지고
있는 것은 모두 내 것이니까 내 마음대로 쓴다고 생각하
는 사람이 많다. 그러한 사람들은 심지어 "내가 번 것 다
쓰고 가야 한다"라고도 한다. 지금 무엇을 가지고 있는
가? 무조건 다 쓰겠다고 하는 것은 영원히 쓸모없는 것
으로 만드는 낭비이며 파괴 행위이다. 꼭 필요한 만큼만
쓰고 모자란 사람들에게 나눠주며 인류의 후손도 쓸 수
있도록 물려줘야 한다.

둘째, 복불가수진福不可受盡(하늘이 준 복을 다 받지 마라). 법연 스님은 "복을 다 받으면 반드시 궁하게 된다"라고 했다. 사람들은 복을 더 받지 못해 안달이다. 입시철마다 취업철마다 각 사찰, 각 교회에는 내 자식, 내 남편이 남보다 더 좋은 대학, 더 좋은 직장에 들어가게 해달라고 하늘의 축복을 빌고 또 빈다. 그것은 달리 보면 남의 자식, 남의 남편을 물리치고 내 자식, 내 남편만 잘되라는 것이다. 하늘이 내게 복을 준다고 있는 대로 다 받으려는 것은 과욕이다.

셋째, 규구불가행진規矩不可行盡(규율을 다 지키지 마라). 법연 스님은 "규율을 하나도 빼지 않고 모조리 지키라고 강요하면 반드시 귀찮게 여긴다"라고 했다. 윤리나 도덕을 기계적으로 들이대지 말라는 것이다. 가훈, 사규, 법, 모든 규칙에는 여유와 파격, 정상참작의 윤활유가 들어가야 사회가 부드럽게 돌아간다. 규칙을 지키는 것은 좋은 일이지만 지나치게 강요하면 부작용을 불러일으킬 수 있다.

넷째, 호어불가설진好語不可說盡(좋은 말이라고 다 하지 마라). 법연 스님은 "좋은 말이라고 해서 다 하면 들은 사람은 반드시 소홀히 여긴다"라고 했다. 아무리 좋은 말이라도 너무 많이 하면 그 효과가 반으로 줄기 때문이다. 할 수만 있으면 온갖 좋은 소리를 다 하고 싶겠지만, 좋은 말도 적당한 선에서 그쳐야 한다. 곰은 쓸개 때문에 죽고 사람은 혀 때문에 죽는다.

행복을 부르는 한마디

나에게 있는 자원을 낭비하기보다는
보존하는 지혜를 갖겠다.

기회는 늘 옆에 있다

성취하지 못했어도 시도하고 또 시도하라.
If at first you don't succeed, try, try again.

- 미국 속담

우리가 가진 것 중 제일 귀중한 것이 무엇일까? 사람들의 대답은 저마다 다를 것이다. 우리가 귀하게 생각하는 것을 소중하게 여기며, 우리가 가진 것을 소유하게 하고, 우리가 존재하는 것을 존재하게 하는 것은 무엇일까? 그것은 바로 시간이다. 시간은 곧 생명이며, 시간은 곧 모든 꿈과 비전, 소망을 구체적인 현실이 되도록 해준다.

시간이 있어야 변화가 일어난다. 이 변화는 생명 속에서 일어나므로 생명은 곧 변화이다. 살아 있는 모든 것은 크든 작든 꾸준히 변한다. 시간과 더불어 만물은 변하며, 시간과 더불어 흘러가 버린 강물에는 두 번 들어갈 수 없다. 또한 시간은 내가 가장 소중하다고 생각했던 것을 아무것도 아니게 하기도 하고, 하찮았던 것을 소중한 것으로 돌려놓기도 한다. 시간은 누구에게나 똑같이 주어지고 또 흘러간다. 선택받은 사람이라고 해서 하루에 25시간이 주어지는 것은 아니다.

아우구스티누스는 시간을 셋으로 구분하면서 과거는 '추억' 속에, 미래는 '기대' 속에, 현재는 '지금의 경험' 속에 존재한다고 보았다. 추억 속에 사는 사람은 과거에 사는 사람이고, 비전에 매달리는 사람은 미래에 사는 것이며, 지금에만 몰두하는 사람은 현재를 사는 사람이다. 그러나 아우구스티누스의 시간 이해에서 중요한 점은 과거와 미래는 모두 손에 잡히지 않는 추상으로 파악하며, 오직 현재 사건과 만남만 실존의 시간으로 포착한다는 것이다.

과거의 추억과 미래의 기대는 현실과의 연계 속에서만 새로운 것을 창조하고 역동성을 발휘하게 된다. 흘러간 옛 추억을 곱씹으면서 오늘에 적용하지 못하면 과거에 매달려 사는 심약한 사람이 될 것이다. 또한 미래에 대한 원대한 포부는 가득하나 현재의 행동과 현실에 접목하지 못한다면 몽상가일 뿐이다.

영광스러운 과거나 대단한 비전의 미래라도 오직 현재와 연결할 때 가치가 부여된다. 현재의 시간은 차별 없이 누구에게나 똑같이 주어지지만, 그 시간을 대하고 사용하는 사람에 따라서 '단순한 시간'으로 흘러가든지 '가치 있는 시간'으로 남든지가 결정된다.

역사는 기원전과 기원후로, 1년은 12달 365일로, 하루는 24시간으로 시간을 차례대로 수평 배열해 이해하는 것을 그리스어로는 크로노스Cronos라고 한다. 크로노스라는 말과 함께 시간과 관련된 또 하나의 그리스어로는 카이로스kairos가 있다. 크로노스가 연대기적 시간을 뜻한다면, 카이로스는 '의미로서 시간', '가치 창조로서 시간'을 뜻한다.

보통 신을 우주와 인간의 창조주라고 말한다. 그처럼 카이로스는 창조적 삶의 시간이고, 크로노스는 자연스럽게 그냥 흘러가는 시간이다. 카이로스는 수직적 시간

개념이다. 즉, 연속선상에 있는 매시간을 파악하기보다는 초월이 개입된 어떤 순간을 중요하게 본다. 우리 생애를 돌아보자.

무엇을 먹었으며 어디서 잠을 잤으며 어디를 돌아다녔는지는 늘 큰 의미 없이 그저 반복되어 지나가는 크로노스적 시간의 흐름으로, 일기장에나 기록해놓으면 모를까 별로 기억에 남는 것이 없다. 그러나 카이로스적 시간은 다르다. 삶의 태도와 안목에 중대한 변화를 주는 시간이다. 내 생애를 완전히 바꿔놓은 누군가와의 만남, 나를 변화시킨 어떤 책의 한 구절, 돌연한 변화를 불러온 사건 등 삶의 전환을 가져온 어떤 계기, 바로 그 순간을 카이로스라고 한다.

신화적 세계관 속에 살았던 고대 그리스인은 카이로스적 시간을 신적 부르심Divine calling이라고 했다. 그래서 회심回心이라고도 한다.

행복을 경영하는 사람들은 카이로스적 시간을 사는 사람들이다. 아무 일도 하지 않으면 아무 일도 일어나지 않는다. 그러나 그 무엇인가는 신적 의미가 있는 일이다.

신적 의미를 종교나 구체적 신의 형상으로 연결할 필요는 없다.

신적 의미가 있다는 말은 그만큼 신적 평화와 기쁨과 안식이 깃들어 있다는 말이다.

우리 삶이 크로노스적 시간에서 카이로스적 시간으로 전환하는 계기, 즉 행복을 찾는 데 몇 가지 계기가 있다. 어느 날 갑자기 다가온 폭풍 같은 시련의 홍역을 치르면서 의미 없던 크로노스의 시간이 카이로스로 변하는 경우가 많다.

카이로스적 시간 경영을 하는 사람은 단지 성공과 행운을 의미 있는 시간으로 여기지 않고 고난과 잊고 싶은 시간까지도 더 온전히 행복한 인생으로 만드는 사람들이다.

기회는 특별한 때 아주 특별한 방식으로 일생에 몇 차례만 찾아오는 것이 아니다. 아주 특별한 기회가 없는 것은 아니지만, 사실 아주 특별한 기회도 지나고 보면 언제나 평범한 복장을 하고 찾아왔을 뿐이다.

기회는 특별한 순간에 갑자기 출현하는 것이 아니라

평범한 일상에 늘 존재한다. 그러므로 기회는 찾아오는 것이 아니라 내가 만드는 것이다. 모든 유리한 조건과 기회를 수없이 얻고도 불행의 나락을 헤매는 사람이 많다. 반면에 불리한 조건과 형편없는 기회로도 자기 인생을 역전시켜 행복의 드라마를 연출하는 사람도 많다.

기회는 만드는 것이다. 기회가 주어져도 내 것으로 만들지 못하면 기회를 얻지 않은 것만 못하다. 기회가 외부에서 주어지지 않아도 내가 만들면 절호의 기회가 된다. 그러므로 기회는 자신이 창조하는 것이다.

행복을 부르는 한마디

나에게 포기는 없다.
끊임없이 새로운 것에 도전하겠다.

내일, 내일 하며 또 미루는가

당신이 잘하는 일이라면
무엇이나 행복에 도움이 된다.

Anything you're good at contributes to happiness.

- 버트런드 러셀Bertrand Russell

지금 이 순간은 오늘로 흡수되고, 오늘은 일주일로 흡수되며, 일주일은 한 달로, 한 달은 일 년으로, 일 년은 일생으로 흡수된다. 한 사람의 일생은 영원으로 흡수되어 사라진다. 달리 생각해 보면 영원은 한 사람의 일생으로, 한 사람의 일생은 일 년, 일 년은 한 달, 한 달은 일주일, 일주일은 하루, 하루는 지금 이 순간으로 표현되며 나타난다.

모든 진리, 영원한 이상향 등도 지금 여기로 포착되지 않으면 아무 의미가 없다. 버나드 쇼는 묘비에 이러한 글을 남겼다.

"내일, 내일 하면서 우물쭈물하다가 내 이렇게 될 줄 알았지."

근대 최고의 석학이라는 러셀도 우물쭈물 망설이다가 많은 것을 놓쳤다고 생각했다.

오늘 할 일을 오늘 해야 하듯이, 오늘의 행복은 오늘 누려야 한다. 오늘이 없는 내일은 없다. 내일은 단지 오늘의 연속일 뿐이다. 오늘 행복하지 않으면 내일도 불행의 연속선상에 있을 뿐이다. 지금 즐겁지 않다면 일생이 즐거울 수 없다. 지금 여기에서 행복은 양도 불가능한 신성한 권리이다. 너무 많은 사람이 행복을 내일이라는 실체 없는 미래에서 찾으려 애쓰며 살고 있다.

중국인의 존경과 사랑을 받았던 린위탕은 '불로장생', '유토피아'라는 것들을 현실을 짓밟는 '하찮은 것'이라고 여기고 현세現世에서 즐겁게 살라고 했다. 린위탕이 독실한 신앙인이었으면서도 결국 그 신앙을 버린 이유는 '여기 그리고 지금'의 인생을 천국이나 극락의 준비 과정으로 여기는 교리 때문이었다.

내세는 행복의 땅이다. 내세에 비하면 현세는 늘 우울하고 슬프다. 내세에 들어가 영화를 누리기 위해서라면 현세에서는 열심히 희생하고 봉사하고 헌신하며 선한 일을 많이 해야 한다.

린위탕은 신앙을 버리기 전까지 고민을 많이 했다. 내세가 없으면 오늘이 얼마나 불안할 것인가, 내세가 없으면 누가 선을 행할 것인가. 이러한 의문은 자기를 제어하지 못하고 자신이 망가지지 않을까 하는 두려움에서 생겨났다.

그러나 린위탕은 유토피아가 단지 전통적 교리일 뿐이라는 결론을 내렸으며, "유토피아에 대한 기대심리는 자살심리와 다를 것이 없다"라고 말했다. "그 좋은 천국과 극락을 매일 사모하며 산다"라는 말은 하루라도 빨리 죽고 싶다는 말과 같다는 것이다.

진정한 마음의 평화는 일단 최악이라도 받아들일 준비가 된 사람 것이다. 자연스러움을 경외하고 때로는 아픔이 있더라도 흔쾌히 직면하여 살아 있는 동안 이 세상을 마음껏 즐기며 선을 행하는 것이다.

선 그 자체가 보상이다. 그 자체가 행복이다. 선을 천국이나 극락에 가서 보상받으려고 행한다면 그 순간 짐으로 여겨진다. 선이 짐이 되면 절대로 행복할 수 없다. 행복하려면 선을 포기해야 하고, 선을 행하려면 행복을 포기해야 하기 때문이다. 산이 좋아 산에 오르듯이 선이 좋아 선을 행하면 나도 행복하고 옆에 있는 사람도 행복해진다.

유럽의 어느 나라에서 알베르트 슈바이처Albert Schweitzer를 초청했다. 당연히 열차의 최고급 칸에 있을 줄 알고 기자들이 일등석 주변을 열심히 찾아보았지만 슈바이처는 보이지 않았다. 그런데 슈바이처는 서민들이 타는 객실에서 신발을 벗은 채 바닥에 앉아 여러 사람을 진료하고 있었다. 기자들이 물었다.

"아니 왜 여기 와 계십니까? 지정석을 놓아두시고."

"내가 있을 곳이니까요."

무슨 일이든 좋아서 하면 행복하지만 억지로 한다면 불행하다. 우리는 선을 선행으로 따로 구분하지 않고 선을 행하며 오늘을 담보로 미래에 저당 잡힌 채 살아가라는 가르침을 늘 받아왔다. 오늘을 행복하게 살려면 의지를 강하게 길러야 한다.

행복을 부르는 한마디

지금 할 일을
내일, 내일로 미루지 않겠다.

창의력은 이렇게 길러라

인공 로봇이 스스로 생각하느냐보다도
인간이 생각하며 사느냐가 더 큰 문제이다.

The real problem is not whether machines think but
whether men do.

- 버러스 프레더릭 스키너Burrhus Frederic Skinner

사람의 뇌는 무척 게으르다. 에너지를 절약하려는 본능 때문이다. 따라서 습관에 안주하고 변화를 싫어하지만 그럴수록 뇌는 더 경직된다. 뇌가 경직될수록 좋은 습관을 만들기는 그만큼 어려워진다. 사실 성공도 별것 아니다. 좋은 습관에 따르면 성공이 찾아오고 나쁜 습관대로만 가면 찾아왔던 성공도 곧 물러간다.

　뇌가 유연할수록 성공에 더 가깝다는 뜻이다. 다행히도 우리 뇌를 유연하게 하는 방법은 있다. 어떤 습관이든 새롭게 만들려면 최소한 30일 이상은 꾸준히 반복해야 한다. 그러면 뇌가 구태의연한 취향을 버리고 신선한 취향을 선호하게 된다. 경직된 뇌로 인공지능이 범람하는 시대에 적응하기는 어렵다. 인공지능은 인간의 두뇌와 달리 지칠 줄 모르고 학습하며 나날이 인지 역량을 키워가고 있다. 이들을 어떻게 활용할 줄 아느냐가 중요하다. 그런데도 현상을 유지하는 데만 급급한다면 뒤처질 수밖에 없다. 어떤 분야든 인공지능을 잘 활용할 줄 알아야 그 분야의 전문가 노릇을 한다.

인공지능 시대의 전문가는 굳이 시간과 돈을 들여 박사가 되지 않아도 된다. 이 시대에는 전문가로서 라이선스보다 그 분야에서 실제 그 일을 해낼 수 있느냐가 더 중요하다. 아무리 간판이 그럴듯해도 그 일을 잘해내지 못하면 소용없다. 인공지능이 일취월장하는 가운데 인간의 뇌에 컴퓨터 칩까지 이식하기 시작했다. 기계의 인간화, 인간의 기계화가 동시에 진행되는 것이다. 그래서 인풋 중심의 전통적 학습과정이 의미가 없어지고 있다. 아직은 인공지능이 사람이 입력해 준 데이터 중심으로 작동할 뿐 그 자신의 존속 자체를 목적으로 하지는 않는다. 하지만 계속 발전하다 보면 자의식을 갖게 되고 자기 보존 본능이 생길 수 있다. 인공지능이 자의식을 갖는 순간이 임계점이다. 인공지능이 자의식을 가질 수 있느냐는 아직 논란 중이며, 이 논란은 과연 의식이 어떻게 발생하느냐와 직결되어 있다.

의식은 천부적인 것은 아니어서 진화 과정에서 발생했다. 그렇다면 대답은 자명하다. 인공지능의 발달도 진화를 고도로 압축하는 과정이기에 인공지능이 의식을 갖게 되는 것은 시간문제일 뿐이다. 물론 이 이론도 한계가 있다. 즉 데이터 입력 중심으로 진화되는 인공지능과 유기체가 기나긴 세월에 자연과 조우하면서 획득한 의식이 어떻게 같을 수 있는가. 과연 인위적 진화와 자연 진화의 차이는 무엇일까? 인간의 원초적 감각이다. 그것이 곧 인공지능의 한계이며 아직은 인간만의 고유성이다. 한 가지 사례로 지금 인공지능에는 눈치가 없다. 눈치는 원초적 감각의 산물이기 때문이다.

인간의 자아도 원초적 감각에 기반한다. 이 감각으로

원시인들이 맹수를 만나면 도주하든 싸우든 직감적으로 판단했다. 순간적인 이런 동작은 사물을 패턴화해야 더욱 정확해진다. 그래서 사물을 패턴화하면서 점차 언어적 개념화까지 진화한 것이다. 어떤 분야이든 그 분야의 지식을 10만 개가량 익히면 전문가가 된다. 지금까지는 그런 전문가의 시대였다. 인공지능이 고도화하면서 암기 위주로 된 전문가의 직업이 잠식당하고 있다. 다시 강조하지만 인공지능이 데이터 축적에 기반한다면 인간은 생물적 감각에 기반한다. 여기서 인공지능 시대에 필요한 인간의 역할을 찾아볼 수 있다. 이러한 시대의 인간 존엄성은 기존의 패턴화된 개념을 통찰해 볼 수 있느냐에 달려 있다.

통찰력의 원천이 호기심이다. 호기심이 사라지면 무기력해지고 무기력해지면 무관심해진다. 그만큼 호기심은 인간의 원초적 감각의 방향을 정해준다. 어떤 분야의 개념을 통찰한다는 것은 그 분야의 맥락을 잘 알고 어떤 자극이 주어지면 그 분야가 어떤 방향으로 가야 하는지를 예측해 낼 수 있다는 것이다. 그만큼 생물학적 통찰력이 중요하다. 생물학적 통찰력은 주어진 자료만 검토하는 인공지능과 달리 전체와 부분을 번갈아 보는 데서 나온다. 숲과 나무를 동시에 보려고 해야 한다. 무엇이든 부분만 보고 거기에 빠져 지내지 말고 전체를 보아야 하며, 전체만 힐끗 보고 다 안다고 생각하지 말고 다시 부분을 세밀히 들여다보아야 한다.

행복을 부르는 한마디

나는 언제나 숲도 보고 나무도 보며,
나무도 보고 숲도 함께 보겠다.

사랑하는 만큼 거리 두기

순수한 금은 용광로를 두려워하지 않는다.

Pure gold does not fear gold.

- 중국 속담

사랑하면 할수록 같이 있고 싶어진다. 하루에 수십 번씩 통화해도 계속 통화하고 싶은 마음이 간절하다. 그의 전부를 다 알고 그의 전부를 다 소유하고 싶어진다. 그러다 결혼해 같이 살면 이전의 신비한 매력은 모두 사라져 버린다. 신비함은 나와 그의 거리에 비례한다. 거리가 멀어서 아득하게 보일수록 더욱 신비하고 매력적이다.

대중의 인기를 잘 관리해 스타 자리를 비교적 오래 지키는 사람들은 철저하게 자신을 노출하지 않는다. 또 적당한 시기에 은둔하고 다시 나타나기를 반복한다.

친밀한 관계일수록 거리의 미학을 잘 관리해야 한다. 연인이나 친구 사이가 틀어지는 많은 이유 중 하나도 서로 너무 속속들이 알려고 하기 때문이다. 때로는 말하고 싶지 않은 것도 있고, 무심코 던진 말로 상처를 줄 수도 있다. 잘 아는 사이라고 거리를 두지 않고 속속들이 상대를 파헤치려고 하면 부정적인 면이 크게 보여 관계가 소원해질 수 있다.

사람에게는 누구나 양면성이 있다. 어느 때는 성실하다가도 어느 순간 한없이 게을러진다. 진실하다가도 어느 부분에서는 거짓말을 한다. 마음을 넓게 쓰다가도 속좁게 행동하는 경우가 주기적으로 반복될 수도 있다. 매우 현명하면서도 가끔은 이해하지 못할 행동을 하기도 한다.

인간이라면 누구나 갖고 있는 이 양면성은 어떤 사물이든, 어떤 사람을 대하든 생길 수 있다. 늘 아버지를 존경했다가도 어느 순간 멸시할 수 있고, 어머니를 사랑했다가도 금세 미워할 수 있다. 친구들에게 애인을 자랑했다가도 막상 애인을 만나면 내가 왜 이 사람을 만나야 하는지 모를 때도 있다.

이렇게 변화무쌍한 감정을 서로 말하기 시작하면 얼마나 혼란스럽겠는가? 더욱이 인간의 감정이란 그 감정을 표현하고 관심을 기울일수록 커진다. 늘 호감을 느끼다가 일시적으로 혐오스러울 뿐인데 그 혐오감을 표출하다 보면 혐오감이 더 커질 수 있다.

많은 것을 안다고 다 좋은 것은 아니다. 차라리 모르고 지나가면 좋을 일이 훨씬 더 많다. 《성경》에서도 지식은 번뇌를 가져온다고 했다.

오래도록 간직되는 사랑은 상대에게 강요하지 않는 것이다. 사랑은 자발적 선택이며, 자유로운 상상, 자유의지로 더욱 깊어진다. 우리가 사는 사회는 자유의지가 있는 개인과 개인의 집합체이다. 사람은 마네킹이 아니므로 변덕을 부릴 자유가 있다. 부모도, 자녀도, 애인도, 제자도 그리고 나도.

결혼한 뒤 의처증, 의부증을 보이는 사람들의 연애 시

절 공통점은 지나치게 상대에게 집착을 보였다는 연구 결과가 있다. 조금만 무관심하거나 조금의 틈만 보여도 애정을 확인한다며 조급해하는 사람들이 의처증, 의부증으로 번질 가능성이 크다.

칼릴 지브란Kahlil Gibran은 이러한 시구를 남겼다.

"사랑하는 사람들의 관계는 사원의 기둥과 같다. 너무 멀어도 무너지지만 너무 가까워도 무너진다."

행복을 부르는 한마디

오늘 하루는
무심히 내 옆 사람을 바라보겠다.

깨어 있는 내가 아름답다

승리하면 조금 배울 수 있고 패배하면 모든 것을 배울
수 있다.

You can learn a little from victory; you can learn
everything from defeat.

- 크리스티 매튜슨 Christy Mathewson

인생은 즐거운 게임이다. 지구촌 전체의 움직임을 보아도 그렇고 개개인이 살아가는 모습을 보아도 이처럼 흥미진진한 게임은 없다. 승패를 늘 반복하는 게임처럼 인생은 양지가 음지가 되고, 음지가 양지가 되는 반전에 반전을 거듭한다.

　게임은 그 게임을 즐기는 사람에게 승리를 안겨준다. 게임을 잘하는 사람들은 지나간 게임은 그 게임대로 놓아두고 늘 새로운 마음가짐으로 현재 게임에 집중한다.
　게임에 한 번 졌다고 화를 내고 낙담한다면 새로운 게

임에서 좋은 성적을 낼 수 없다. 승리하는 사람들은 지금 하는 그 게임에 완전히 집중한다. 과거와 미래는 다 날려 보내고 오직 현재 벌어지고 있는 그 게임의 멋을 즐긴다.

인지심리학에서는 누구나 자기 생각을 자기 마음대로 선택할 수 있음을 발견했다. 자신을 괴롭히는 서글프고 부정적인 느낌은 새로운 생각을 하게 되면 즉시 사라진다. 반대로 어떤 부정적 경험이든 그 경험에 자꾸 심각하게 몰두하면 할수록 고민은 더 깊어진다.

행복은 지금 당장 손에 잡히는 것이다. 그러므로 행복은 과거에도 없고 미래에도 없다. 지금의 행복이 있어야 과거를 아름답게 추억할 수 있으며 미래를 빛내줄 수 있다.

게임에 한 번 졌다고 인생을 끝내는 사람은 없다. 우리 인생에서 게임은 끊임없이 벌어진다. 인생의 게임들은 늘 새롭고 도전할 만한 가치가 충분하다.

인생의 게임에서 성공하는 길은 지금 벌어지고 있는 게임에 '고Go!' 사인을 내릴 때 시작된다. 매일 작전 계획만 세워서는 아무것도 이룰 수 없다. 시간은 사용하는 사람이 주인이며 게임에 마법은 없다. 학자가 되려면 먼저 책을 펴들고 읽어야 한다. 수영선수가 되려면 일단 풀장으로 뛰어들어야 한다. 현재부터 충실하게 한 걸음씩 나아갈 때 성공의 문에 도달할 수 있다.

행복을 부르는 한마디

현재는 늘 미래의 새로운 출발선이다.

시간을 돈으로 바꿀 수 없다

시간은 선한 이야기꾼이다.
Time is a good story-teller.

- 아일랜드 속담

"시간은 금이다"라는 말이 있다. 시간을 돈으로 본 결과 분, 초를 다투며 일해 돈을 모아 자본을 늘린다. 시간을 잘 활용하면 분명히 돈이 된다.

　그러나 시간과 돈은 차이가 있다. 돈은 저축할 수 있으나 시간은 저축할 수 없다. 시간을 오로지 돈으로만 여겨 시간을 주고 돈을 모아 거금을 가지고 있어도 다시 그 거금을 주고 시간으로 바꿀 수는 없다.

　분명히 시간은 돈보다 큰 의미가 있다. 그래서 유대교의 한 랍비는 "시간은 인생이다"라고 말했다. 은행에 있는 잔액을 확인하면 돈이 얼마 남았는지 알 수 있지만,

인생이라는 은행에 내 시간이 얼마나 남았는지는 누구도 알 수 없다. 개인에게 주어진 인생의 시간은 아무도 알 수 없다.

레프 톨스토이Leo Tolstoy의 글에 보면, 어느 땅 부자가 누구든 1달러만 내고 새벽 6시부터 달려 저녁 6시까지 돌아오면 밟고 돌아온 만큼 땅을 주겠다고 약속했다. 한 농부가 이 요구에 응해서 새벽 6시부터 달리고 또 달렸다. 발로 밟은 대지는 모두 자기 땅이 된다는 희망으로 계속 "땅, 땅" 소리를 외치며 뛰었다. 점심과 저녁도 다 거른 채 뛰고 또 뛰었다. 그렇게 달리던 농부는 정각 저녁 6시에 돌아왔으나 탈진해서 그만 죽고 말았다. 부자는 그 농부를 땅 한 평에 잘 묻어 주었다.

시간은 돈보다 크다. "시간은 돈"이라는 말보다는 "시간은 인생"이라는 말이 훨씬 타당하다. 그럼 인생은 무엇으로 사는가? 사랑으로 산다. 사람은 사랑을 먹고 자라서 사랑을 주고받으며 살다가 사랑 속에 생을 마감한다. 따라서 시간은 사랑이다.

사람은 사랑의 대상을 잃어버리면 삶의 의욕도 잃는다. 자식만 바라보고 살던 여인들이 중년이 되어 자식들이 하나둘 떠나면 우울증을 겪는 것도 그 때문이다.

돈을 사랑해 열심히 좇다가 돈을 번 후에는 오히려 허탈감에 빠진다. 권력을 흠모하여 권력을 잡고 누리다가 물러난 후 금단禁斷현상을 보이는 것도 같은 증상이다.

시간을 사랑으로 이해하기 시작하면 사랑의 대상이 고착되지 않는다. 시간의 양상인 세월의 흐름 자체를 사랑하기 때문이다. 시간과 사랑을 분리하면 사랑의 대상이 고정된다. 사랑의 대상이 고정되면 일시적 충족은 얻을 수 있으나 결국 언제나 아쉽고 언제나 부족하고 언제나 갈급하다.

매일 쉬지 않고 흐르는 시간의 강물을 사랑하는데 무슨 금단현상이 나타나겠는가? 금단현상은 내가 애착하는 어떤 것을 지금 이대로 영원히 머물게 하려는 욕망에서 나온다.

중세의 한 순례자가 날이 저물자 한 성주의 집을 찾아

가 대문을 두드리며 하룻밤 머물기를 청했다. 성주는 나와 보지도 않고 안방에서 말했다.

"여기는 여관이 아니니 다른 곳으로 가보시오."

순례자가 다시 물었다.

"이 성에는 누가 살았습니까?"

"그야 우리 아버지죠."

성주의 대답을 들은 순례자가 다시 물었다.

"그렇다면 그전에는 누가 살았습니까?"

"할아버지가 살았죠."

매우 자랑스럽게 지체 높은 성주 가문임을 얘기하는 성주에게 순례자는 다시 물었다.

"당신 다음에는 누가 이 성에 살기를 바랍니까?"

"내 아들이 살기 바라오."

순례자와 성주 사이에는 계속 같은 식으로 질문과 답이 오갔다. 마침내 순례자는 이러한 말을 했다.

"이곳은 잠시 머물다 가는 여관에 불과합니다."

이 말에 감동받은 성주는 순례자를 받아들여 가르침을 받았다.

사랑은 수용이다. 세월을 수용하면 더욱더 큰 사랑을 주고받으며 살 수 있다. 진실한 사랑은 시간과 함께 변해가는 그 모습까지 안아주며 그 모습에 익숙해지고 더 사랑해 주는 것이다.

시간은 사랑을 표현하고 사랑을 드러내며 사랑을 받기에 가장 적합하다. 또한 사랑하기에 가장 좋은 시간은 언제나 바로 이 순간이다. 사랑은 포용이다. 세월을 기꺼이 받아들이면 우리의 사랑은 세월과 함께 익어간다.

행복을 부르는 한마디

내게 의미 없는 시간은 절대 없다.

행복은 과거도 미래도 아닌
이 순간에 있다

세상은 고통으로 가득하지만 한편 그것을 이겨내는
일로도 가득 차 있다.

Although the world is full of suffering, it is full also
of the overcoming of it.

\- 헬렌 켈러 Helen Keller

인간은 얼마만큼이나 변하고 또 몇 차례나 변할까?
보수적인 사람일수록 "인간은 변하지 않는다"라고 말한
다. 특히 "인간의 근본은 시대가 아무리 변해도 그대로이
다"라고 말한다. 그러나 인간은 변한다. 생존과 행복의
두 본능을 제외하고는 모두 변한다.

"지금 알았던 것을 그때도 알았더라면······"이라는 말
이 있다. 나는 가끔 학창 시절에, 결혼할 당시에, 내 아이
들이 어렸을 때 지금처럼만 알고 있었더라면 정말 많은
것이 달라졌을 것으로 생각한다. 어제를 살았고, 오늘을

살고 있는 나는 분명히 다르다. 그것은 어제의 앎과 오늘의 앎이 다르기 때문이다. 어제 나의 욕구와 이해 그리고 오늘 나의 욕구와 이해는 분명히 다르다.

이처럼 사회도 변하고 더불어 자신의 정체성마저 변하는 시대에도 유독 변하지 않는 욕구가 있다. 그것은 바로 생존과 행복의 본능이다. 아니 오히려 낯선 환경, 낯선 사람들, 낯선 집단을 늘 만나야 하는 시대일수록 생존과 행복만이 더욱 유일한 본능으로 자리 잡는다.

그런데 이 행복 본능은 다른 것을 덧붙이면 묘하게 그 힘을 잃어버린다. 예를 들면 명예를 본능으로, 인정 욕구를 본능으로, 신앙을 본능으로, 앎에 대한 욕구를 본능으로 규정하면 행복 본능은 그만큼 의무감에 짓눌리게 되어 고통받는다.

행복은 살아 있다는 자체에 대한 느낌이며 감사이지 목표를 달성한 뒤 찾아오는 것이 아니다. 원하는 것을 얻어야 행복하다고 하면, 하나의 목표가 달성된 다음에 잠시 행복했다가 또 다른 목표가 주어지면 그 목표를 이룰 때까지 불행해질 것이 아닌가. 많은 사람이 그토록 바라던 목표를 달성한 뒤 도리어 더 불행해진 경우도 많다.

행복을 성취해야 할 하나의 과제로 보면 영원히 행복할 수 없다. 프랑스의 소설가 앙드레 지드Andre Gide는 이렇게 말했다.

"나 자신에게 행복해질 필요가 없다고 설득한 그날부터 내겐 행복이 깃들기 시작했다."

행복을 인생의 목표로 정해버리면 행복은 저 구름 위로 달아난다. 목표로서 행복을 포기하고 살아가는 과정으로서 행복을 받아들이면 나도 모르는 사이에 행복이 다가온다. 아리스토텔레스Aristoteles도 "행복이란 실천이다"라고 말했다. 행복한 가운데 합리적 목표를 결정하고 추구하며, 행복한 가운데 갈등도 경험하고 사랑도 만들어간다.

행복은 실천이며 행동이지 미래에 대한 불안이 아니다. 불안은 앞으로 혹시 일어날지도 모를 일을 예측하고 현재를 포로로 잡힌 경우이다. 불길한 예측으로 자신의 현재를 속박하는 불안은 분명히 자기 의지와 다르게 움직이게 한다. 누가 자기 미래를 불행하게 설계하고 싶겠는가!

칭기즈칸Chingiz Khan이 정복전쟁을 활발히 할 때 일이다. 들판에 친 막사에서 참모 장수들과 함께 아침을 먹는데 갑자기 식탁의 다리가 부러져 황제가 먹고 있던 음식이 전부 땅에 쏟아져버렸다. 이를 본 참모들과 책사들은 앞다투어 말했다.

"폐하! 전투를 앞두고 생긴 불길한 징조입니다."

"일단 후퇴하시고 후일을 도모하소서."

그 말을 듣고 뒷덜미가 잡힌 기분이 든 칭기즈칸은 갑자기 자리를 박차고 일어나서는 말했다.

"불길하기는…… 그 징조는 이제 더는 들판에서 식사하지 않아도 된다는 승리의 징조일 뿐이다. 자, 모두 이대로 출전하라."

칭기즈칸은 생존과 행복의 본능 이외에 징조나 추측, 조짐이나 운명 따위의 심약한 이야기들은 인정하지 않았다. 오히려 불길하다는 징조를 한번에 승리의 조짐으로 바꾸어 승리를 거머쥐었다.

혹 우리 행복을 머뭇거리게 하는 것이 있더라도 칭기 즈칸이 불길함을 오히려 기회로 본 것처럼 툭 털고 일어 나자.

행복을 부르는 한마디

나는 행복한 마음으로 오늘을 만끽하며
꿈을 추구하겠다.

마음이 콩밭에 가 있는가

지금 여기에 있는 것은 어디에나 있고, 지금 여기에 없
는 것은 어디에도 없다.

What is here and now is elsewhere, What is not here
and now is no where.

- 선어仙語

사회는 우리에게 미래를 위해서 오늘을 희생하며 살라고 요구하고 우리는 그 주술에 걸려 있다. 이 주술을 무력화하려면 '여기 그리고 지금'에 집중할 의지의 힘, 즉 의사력意思力을 강화해야 한다. 의사력은 의지와는 조금 다르다. 의사력은 의지력보다 의도적이며 계획적이다.

　가장 행복한 때가 언제인가? 삼매경에 빠져 있을 때다. 독서 삼매경, 대화 삼매경, 창작 삼매경, 연구 삼매경 등 삼매경은 곧 지금 여기에 몰입하고 있다는 뜻이다. 불행은 지금 여기에 집중하지 못하면서 시작된다. 다음과 같은 우리 속담에 그 뜻이 잘 나타나 있다.

"마음이 콩밭에 가 있다."

몸과 마음이 따로 놀면 놀수록 행복은 저 멀리 달아난다. 지금 여기에 집중해야 성공은 물론 행복도 누릴 수 있다.

의사력은 내 의지로 일부러 기르는 것이다. 먼저 지금의 일에만 집중하는 의사력을 기르라. 운전할 때는 운전에만 주의를 기울여라. 퇴근길에는 발걸음에만 집중하라. 마음속으로 오른발을 옮길 때 '오른발', 왼발을 옮길 때 '왼발'이라고 말하라.

이것이 쉬워 보일지도 모르나 그리 쉬운 일은 아니다. 운전에만, 걸음걸이에만 집중한다고 했으나 어느덧 마음속에 부모님에게서 꾸중 들은 일, 아침에 버럭 소리 지른 일, 화난 상사의 얼굴, 취직하지 못하고 있는 자식들을 생각하는 자신을 발견할 것이다. 그만큼 우리는 오늘을 살지 못하도록 교육받아 왔다. 그러나 지금 하는 일에 집중하다 보면 어느덧 우리는 일부러 지금 일에 집중하려고 애쓰지 않아도 자연스레 지금 여기에 만족하는 사람이 된다.

의사력은 쓰면 쓸수록 발달하는 근육과 같다. 아이작 뉴턴Isaac Newton의 만유인력 법칙은 그의 의사력 덕분에 가능했다. 뉴턴은 이렇게 말했다.

"내가 이러한 발견을 한 이유는 한 가지 일에만 깊이 집중할 수 있었기 때문이다."

생각하고 싶은 것을 생각하고, 집중하고 싶은 일에 집중하고, 잊어버리고 털어버릴 것은 털어버릴 수 있는 자유는 의사력 훈련으로 얼마든지 가능하다. 의사력도 근육과 같이 훈련하고 길들이기 나름이기 때문이다. 지금 하는 일 자체를 즐겨야지 일의 결과에 따른 명성과 부에 집착한다면 성공은 더 멀게 느껴질 뿐이다.

발명왕 에디슨도 발명 자체를 즐겼으며 실패를 기회로 보았다. 에디슨은 전구를 만들면서 실패를 수백 번 거듭했다. 이것을 보고 사람들은 모두 그를 말렸다.

"전구 연구를 그만두고 다른 연구를 해보면 어떨까? 이제 그만할 때도 되지 않았나?"

에디슨은 이렇게 대답했다. "이건 실패가 아니네. 오히려 그렇게 만들면 안 된다는 수백 가지 이유를 얻은 셈이지."

어느 날 저녁, 에디슨의 연구실에 불이 나서 그동안 작업했던 모든 것이 불타고 있었다. 에디슨의 아들 찰스는 아버지가 평생 기울여 온 모든 노력이 연기로 사라지는 것을 보면서 안타까워했다. 하지만 아들의 걱정과 달리 에디슨은 환한 얼굴로 말했다. "찰스야, 어머니를 모셔오렴. 이러한 광경은 앞으로 두 번 다시 볼 수 없는 장면이야."

그러고는 다 타고 재만 남은 연구실을 돌아보면서 에디슨은 자신에게 말했다. "모든 실수가 이렇게 단 한 번의 불로 사라지다니 정말 멋진 일이야."

에디슨은 불이 나고 3주일 뒤 축음기를 발명했고, 그다음에도 수많은 발명품을 계속 만들어 냈다. 전구를 발명하는 데 수백 번씩 실패하고도 실패로 여기지 않고 점점 발견의 가능성이 더 커진다고 생각했다. 연구실에 불이 나서 모든 연구 성과가 연기로 사라졌지만, 에디슨은 돌이킬 수 없는 과거에 집착하지 않고 연구 자체를 즐겼다.

해마다 차茶 수확 철이 되면 전국의 유명한 차 산지의 짙푸른 차나무 숲이 소셜미디어를 초록색으로 물들인다. 찻잎을 따는 사람들 모습이 한없이 한가로워 보이지만 그들은 맛 좋은 향을 우려낼 잎사귀를 따는 데 온 정신이 쏠려 있다. 적어도 그 시간만큼은 찻잎을 따내는 데 정신을 쏟아야 한다. '이만큼만 일해야지'라고 생각할 겨를이 없다. 이를 두고 선가禪家에서는 이렇게 말한다.

"찻잎을 딸 때 전혀 다른 생각을 하지 않는다摘茶更莫別思量."

무슨 일을 하든 그 일의 결과와 보답에 신경 쓰지 말고 전력을 다할 때 보람과 즐거움, 행복이 있다. 지금의 일에 집중하는 의사력을 기르자.

행복을 부르는 한마디

내 의사력을 근육처럼 강화해야겠다.

작은 인연도 소중하다

사랑은 두 사람이 마주 보는 것이 아니라 함께 같은 방향을 바라보는 것이다.

Love does not consist in gazing at each other, but in looking together in the same direction.

- 앙투안 드 생텍쥐페리Antoine De Saint-Exupéry

내가 먼저 마음을 열면 상대방도 마음을 연다. 마음을 닫고 있으면 누구도 들어오지 못한다. 고대 유대의 가르침에 따르면 인간의 마음의 문을 여는 손잡이는 안에 있다고 한다. 설령 인간을 만든 신이 있다고 해도 그 신도 인간의 마음을 억지로 열지는 못한다. 내 마음의 문은 나만이 열 수 있다.

마음의 문을 열지 않는 사람이 자폐증을 앓는 이들이다. 이 자폐증을 앓는 이들이 갈수록 늘고 있다. 사람들과 수다를 떨고 스스럼없이 대화를 주고받지만 정작 속

마음을 내보이지는 않는다. 사람들이 마음을 닫아두는 이유는 두 가지다. 속마음을 열어 보이면 자기 안에 숨어 있는 감정이 훼손될 것 같은 두려움이 있거나 그럭저럭 괜찮은 관계를 유지하고 있는데 괜스레 속을 털어놓았다가 그 관계마저 깨질까 염려하기 때문이다.

누구에게나 진실한 속마음을 열어 보이고 싶다면 내가 맺고 있는 모든 인연을 수행의 한 과정으로 보면 된다. 수행은 좋고 나쁨을 가리지 않는다. 편안한 자리, 좋은 사람만 찾는 것은 수행이 아니다. 수행은 조건도 없고 사람을 선택할 수도 없다. 혹 누군가가 자기 진심을 보여주지 않고 단지 나를 이용하려고 접근할 때, 인연 맺는 것을 수행의 한 과정이라고 생각하라. 그러면 상처도 받지 않고 마음을 늘 열어놓을 수 있다.

독일의 작곡가 루트비히 판 베토벤Ludwig van Beethoven이 〈월광Mondschein〉 소나타를 만든 이야기를 들어보면 작은 인연이라도 소중하지 않은 것이 없다는 사실을 새삼 깨닫게 된다. 베토벤은 달이 무척이나 밝은 어느 날 밤 산책을 하던 중 작은 오두막 옆을 지나고 있었다. 그때 오두막 창문 너머로 자신이 쓴 곡이 흘러나왔다. 창문 옆에서 그 연주를 한참이나 듣던 베토벤은 그 오두막 앞으로 걸어갔다.

방금 자신의 곡을 연주한 소녀는 시각장애인이었다. 베토벤이 어떻게 그 곡을 칠 수 있었느냐고 묻자 소녀는 전에 옆집에 살던 백작부인이 연주하는 소리를 듣고 익혔다고 대답했다.

베토벤은 그 소녀가 기특해 소원이 무엇이냐고 물었다. 소녀는 "베토벤 선생님의 연주를 직접 듣고 싶다"라고 대답했다.

달빛이 환하게 오두막집 안과 밖을 비추던 그날 밤 베토벤은 소녀를 옆에 앉히고 피아노를 연주했다. 그렇게 소녀를 위해 달빛에 취해 즉흥으로 만든 곡이 달빛 소나타인 〈월광〉이다.

너와 내가 아무 조건 없이, 베토벤과 눈먼 소녀가 달밤에 어울린 것처럼 연합하고 어울리는 마음을 키워가는 것이 인연 맺기의 수행이다. 그래서 인연을 맺는 것은 명상과 달리 현장의 수행이며 깨달음의 수행이다. 자기 옷음이 자신에게도 웃음이 될 수 있으나 울음도 될 수 있다는 깨달음, 그래서 모든 존재는 서로에게 깊이 연결되어 있다는 깨달음, 잠깐 옷깃만 스치는 인연에서 평생을 함께하는 인연까지 어떤 관계를 맺을지는 몰라도 우리는 누구에게든 진실한 마음을 열 수 있어야 한다.

행복을 부르는 한마디

**나는 내가 알고 있는 사람과의 관계를
소홀히 하지 않겠다.**

5장

나를
사랑하는

여덟 가지 방법

빨리 여과하기 / 철저히 분리하기 / 간절히 원하기 / 가끔 마음 비우기 / 아낌없
이 나누어주기 / 있는 그대로 만족하기 / 깊이 몰입하기 / 자주 멈춰 서기

빨리 여과하기

누가 무슨 말을 하든 미소로 받아들이고 자기 일을 계속하라.

No matter who says what, you should accept smile and do your own work.

- 마더 테레사Mother Teresa

유달리 황소 그림을 많이 그린 화가 이중섭의 작품 중에 〈소와 어린이〉라는 그림이 있다. 나는 그 그림을 볼 때마다 내 고향의 개울가가 떠오른다. 아침에 황소를 끌어다 개울가에 묶어두면 황소는 이 풀, 저 풀 닥치는 대로 뜯어 위에 넣어두었다가 한낮에 느티나무 그늘에 앉아 되새김질을 한다. 목이 마르면 냇가로 내려가 흐르는 물살을 혀로 핥고는 다시 제자리로 돌아와 되새김질을 계속한다. 소가 아무 풀이나 마구 뜯어 먹는 것처럼 보이지만 소는 풀을 뜯다가 독초가 입안으로 들어오면 그대로 뱉어낸다.

야생동물은 다 그렇게 직감적으로 자기에게 해가 되는 먹이를 구별하는 능력이 있다. 그러나 이런 동물들도 오랫동안 인스턴트식품으로 사육하거나 병이 들면 독소를 구별하지 못하게 된다.

　사람도 마찬가지다. 건강한 사람은 무엇이든 가릴 것이 없다. 몸에서 필요한 영양소에 따라 식욕이 생겨나므로 먹고 싶은 대로 먹으면 된다. 그러나 화학조미료와 공해 등으로 건강한 식욕이 왜곡되면 욕망대로 먹어서는 안 된다. 의도적으로 잘 가려서 먹어야 한다.

　마음도 똑같다. 마음이 건강하면 어떤 말을 듣든 무엇을 생각하든 다 가려내 내게 유익한 것만 선택할 수 있다. 속상한 이야기나 부정적인 일은 금방 잊어버리고 고마웠던 일을 기억하고 희망을 품는다. 우리 정신은 용수철과 같다. 심리적 압력이 가해지면 어느 정도까지는 다 해결해 금방 원상 복구가 되지만, 감당하지 못할 정도로 무거운 삶의 무게에 짓눌리면 정신에 과부하가 걸려 탈진할 수도 있다. 이렇게 심신이 소진하여 우울증이 생기거나 신경이 쇠약해지면 좋았던 일은 다 잊어버리고 서운했던 일이나 서글픈 사건만 뇌리에서 맴돈다.

매일매일 엄청난 경쟁에 시달리는 현대인은 인류 역사 상 그 어느 시기에 살다 간 사람들보다 쉽게 탈진할 위 기에 처해 있다. 물론 아무리 힘든 사건을 만나도 심신이 소진되지 않는 강한 사람이 있지만 누구라도 쉽게 단언 할 수 없다.

그렇다면 심신이 지칠 때 어떻게 해야 할까? 잠깐이라 도 우울한 이야기나 절망적인 상황은 피하는 것이 좋다. 할 수 있으면 지금 살고 있는 곳을 떠나 멀리 여행을 다 녀오는 것도 괜찮다. 조용한 어촌이나 바람에 대나무 잎 이 스치는 소리가 풍경 소리와 어울리는 고즈넉한 산사 를 찾아가도 좋다. 하지만 일상에서 벗어나 초야로 갈 수 없는 사람들은 어떻게 해야 할까? 매일매일 자기를 정화할 수 있는 필터링 의식을 시행해 보자. 과거는 실체 가 없는 그림자이며 미래는 오지 않은 상상일 뿐이다. 우 리에게 진정한 참실체는 지금, 여기의 찰나刹那뿐이다.

한 양심수가 교도소에 평화롭게 누워 있는 것을 보고 교도관이 물었다.

"선생은 그 안에 있는 게 괴롭지도 않소?"

양심수는 이렇게 대답했다.

"당신은 거기에 앉아 있고 나는 여기에 편히 누워 있을
뿐이오."

진정한 참나로 돌아갈 수 있는 찰나에 몰입해 보라.
걸을 때는 걷는 발걸음에, 식사할 때는 식사에만 바로 지
금 그 일, 즉 '현재의 일'에만 몰입해 보라. 소진했던 정신
이 반드시 다시 살아나며, 일단 회복되면 면역력이 생겨
훨씬 탄력 있는 심신을 유지할 수 있다.

내 안으로 들어오는 모든 정보 중 심신을 건드려 나쁜
감정을 일으키는 정보를 걸러내야 한다. 하루를 돌아보
라. 수많은 일을 경험했으면서도 왜 특정 경험만 부각하
고 집중하는가? 불행한 사람은 특히 자신을 비하하는
일에만 몰두한다.

한 여성이 결혼 후 처음으로 여고 동창들을 집으로 초
대했다. 방을 깨끗하게 치우고 풍선을 달아 장식했으며,
온갖 음식을 장만했다. 많은 동창이 와서 맛있게 먹고
즐겁게 놀다가 집으로 돌아가면서 앞다퉈 칭찬했다.

"너, 다시 봐야겠다. 언제 이런 솜씨를 익혔어?"

그런데 원래 비아냥거리기를 잘했던 한 친구가 지나가는 말로 한마디 내뱉었다.

"다 좋았는데 음식이 좀 짰어."

그때까지 힘든 줄 모르고 친구들을 웃으며 대접했던 그 여성은 갑자기 모든 것이 힘들고 우울해졌다. '왜 우울해졌을까?' 자문해 본 결과 친구들이 한 말 중 비난하던 그 한마디만 마음에 남겨두고 칭찬의 말들은 내보냈기 때문임을 알고는 바로 비난의 말을 여과해 버렸다.

하루 동안 우리는 얼마나 많은 말을 듣고 사는가? 그중 집에 돌아오는 길에 마음에 담고 오는 말들은 어떤 것들인가? 무엇을 먹느냐가 그 사람의 체질을 결정하듯이 무엇을 듣고 보고 읽으며, 누구를 만나느냐가 그 사람의 정신 건강과 성품으로 직결된다.

오늘을 살면서 어떤 정보들을 접했는가? 누구를 만났고, 무슨 대화를 나눴으며, 무엇을 보았는가? 그중에서 담을 것은 담고 버릴 것은 버려라. 그것이 바로 자유이자 권리이다.

고양이는 입으로 털이 들어가 뭉칠 때마다 풀을 뜯어 먹어 털 뭉치를 토해낸다고 한다. 힘들고 괴로운 일들이 당신 마음에 쌓일 때 그것을 뱉어내고 털어내보라.

건강한 자아는 여과를 잘하는 자아이다. 또 여과를 잘하면 오염되고 약한 자아였다 할지라도 곧 건강해진다. 이렇게 자기 정신에 담는 내용물을 관리하는 사람이야말로 행복한 사람이다.

행복을 부르는 한마디

힘들고 괴로운 일은 훌훌 털어내겠다.

철저히 분리하기

분리할 줄 아는 사람은 수치를 당하지 않으며
도에 다다른 사람이다.

If a man knows how to separate, he'll never overstep
the truth and he'll never be disgraced.

- 중국 속담

대양을 항해하는 큰 배들은 배가 침수될 것에 대비해 배 아래를 여러 칸으로 나눈다. 한쪽에 구멍이 뚫려 물이 들어오면 곧 차단해 배 전체로 물이 스며들지 못하도록 조치한다. 우리가 겪는 불행 중 많은 부분이 영역 분리를 하지 못해서 일어난다.

　왜 회사에서 당한 억울한 일을 집에 와서 아이들한테 풀어야 하는가? 이것도 사건을 괜스레 연결해 확장하는 경우이다. 회사에서 겪은 감정은 회사에서, 가정에서 겪은 감정은 가정에서, 친구와의 감정은 친구 사이에서 선을 긋고 분리해야 한다.

물론 세상의 모든 존재는 서로 연계되어 있어서 상생해야 공존할 수 있는 것처럼 사건도 연쇄반응처럼 연결되어 발생하기도 한다. 그러나 마음 관리의 달인들은 사건을 이성적으로는 연결해 생각하지만, 그것에서 그치고 사건의 감성적 연결은 차단한다.

　나를 사랑하는 방법의 하나는 '존재는 연결하되 사건은 분리'하는 것이다. 우주의 모든 존재는 서로 영향을 주고받는 상보적 관계이다. 이러한 관점에서 서로 돕고 봉사한다. 그러나 각 존재의 영역에서 일어나는 사건에 대한 반응은 분리해야 한다. 그래야 사건의 파장과 후유증이 엉뚱한 데로 전염되지 않는다.

　미국의 사업가 제이 벤 후텐은 50세가 될 무렵 뇌종양이 생겨 종양 제거 수술로 한쪽 청력을 완전히 잃었다. 후텐은 갑자기 신체 일부를 상실한 후유증으로 한때 우울증에 시달렸다. 하지만 그는 청력을 잃게 된 후 긍정적 측면을 적어 리스트를 작성했다. 그 리스트 중 하나에는 이런 것도 적혀 있었다.

"귀찮은 쓰레기 치우기에서 해방되었다. '쓰레기 좀 내다 버려요'라는 소리를 들을 수 없어서 못 치웠다고 대답하면 되니까."

후텐은 왜 나만 이런 고통을 당해야 하느냐는 원망을 늘어놓을 수도 있고, 특별한 대상이 없는 분노로 또는 자신의 미래가 두려워 우울증에 빠질 수도 있었다. 하지만 그는 냉철하게 감성과 이성을 분리해 오히려 유머러스하게 자신의 절망적 상황을 잘 극복했다.

"줄초상 난다"라는 말이 있다. 너무 사랑했던 부인이 죽자 그 남편이 슬픔이 너무 깊어서 시름시름 앓다가 죽었다. 그것을 본 장남 역시 그렇게 돌아가신 부모님을 생각하며 효자 된 도리로 삼년상을 치른다며 부모묘 옆에 여막을 짓고 식음을 전폐하다시피 하다가 죽었다고 한다.

영국의 국왕 조지 5세^{George V}는 이렇게 말했다.

"신이시여, 나로 하여금 달을 보고 울지 말며 엎질러진 우유를 보고 후회하지 않도록 가르쳐주옵소서."

좋은 일이든 나쁜 일이든 이성적으로는 동조하더라도 감성적으로는 휘말리지 마라. 즉, 상황과 사건을 인지하는 이성과 감성을 분리하라. 이것은 어려운 일이 아니다. 그렇게 노력하고 그렇게 된다고 자기 자신에게 다짐하면 분명히 이성과 감성을 분리해서 생활을 영위할 수 있다.

행복을 부르는 한마디

엉뚱한 데로 나쁜 감정을 옮기지 않겠다.

간절히 원하기

신념은 바라는 것들의 확신이며,
보지 못한 것들의 증거다.

Now faith is being sure of what we hope for and
certain of what we do not see.

- 히브리서Hebrews

인간이라는 존재는 참으로 묘하다. 어떤 생각을 하느냐에 따라 생김새가 달라진다. 맑은 소망을 담고 있는 사람을 보면 눈빛이 맑고 안면근육이 안정되어 탄력이 있다. 증오를 품고 있는 사람의 눈빛은 날카롭고 얼굴은 늘 긴장되어 있다.

　당신은 당신이 원하는 그대로이다. 어렸을 때 '요술방망이'라는 동화를 들어봤을 것이다. 무엇이든 원하기만 하면 도깨비 요술방망이가 만들어준다. 하지만 무엇을 원하는지 분명해야 한다. 아무리 요술방망이라도 원하는 것이 없다면 쓸모가 없다.

물을 먹이기 위해 말을 시냇가까지 끌고 갈 수는 있다. 하지만 말이 목마르지 않다면 물은 그저 흘러가는 물일 뿐이다. 먼저 자기가 무엇을 원하는지 잘 알고 간절히 원하는 사람은 행복한 사람이다.

자신과 전혀 관계없거나 도저히 이루어질 수 없는 것들을 허망하게 바란 적이 없는가? 신학자이자 정치 사상가 라인홀트 니부어Reinhold Niebuhr는 책상에 다음과 같은 기도문을 붙여놓았다.

"신이시여, 나에게 변화시킬 수 없는 일은 깨끗이 받아들일 수 있는 평정을 주시고, 내 힘으로 고칠 수 있는 일은 그것을 고칠 용기를 주시옵소서. 또 이 두 가지의 차이를 깨달을 수 있는 지혜를 주시옵소서."

행복을 경영하는 사람들은 지나치게 엉뚱한 야망을 품는다거나 욕심을 부리지 않는다. 그 대신 내 안의 잠재적 가능성을 충분히 발휘할 수 있는 비전과 소망은 간절히 바라고 또 바란다. 니부어는 이미 되돌릴 수 없는 과거의 일이나 현재의 불가능한 일을 바라지 않는 대신 인간이라면 충분히 이룩할 수 있는 일들에 관심을 기울이고자 했다.

이마누엘 칸트 Immanuel Kant 는 자기 자신에게 끊임없이 질문했다.

첫째, 사람은 무엇을 알 수 있는가?

둘째, 사람은 무엇을 해야 하는가?

셋째, 사람은 무엇을 꿈꿀 수 있는가?

이 세 가지 질문은 우리가 어디에 있어야 하는지를 묻고 있다. 이미 과거완료로 닫혀버린 사건들, 되돌릴 수 없는 것들은 과감히 접어버리자. 그리고 열려 있는 미래를 향해 하고 싶은 것들을 간절히 원하면 꿈은 이루어진다.

우리 앞에 보이는 것들은 사실 다 누군가의 간절한 '바람'이 실현된 것들이다. 좀 더 빨리 다니고 싶다는 바람이 승용차로 나타났고, 하늘을 날고 싶다는 바람이 비행기로 나타났고, 우주에 가보고 싶다는 바람이 우주선으로 나타났다. 이러한 소망을 당신 생애에도 적용해 보라. 바람은 신념이 되고, 신념은 우리의 손과 발을 움직이며, 우리 두뇌의 숨겨진 자원을 총동원하게 한다.

먼저 자신이 소망하는 것을 분명히 하라. 돈인가? 권력인가? 명성인가? 저택인가? 자기 자신에게 물어보라.

그러나 그 모든 '바람의 원칙'의 기초는 오늘 내 삶에 대한 긍정적 태도와 감사하는 마음임을 잊지 말아야 한다. 짜증 나고 싫은 일에서 벗어나려고 바람의 원칙을 사용한다면 그것이 현실이 되어도 만족하지 못하고 또 다른 미래를 향해 나아가는 데 인생을 소비하게 된다. 자신이 바라는 것을 구체적으로 세우되 지금 현재를 조건 없이 고맙게 여겨라.

당신은 지금 무엇을 바라는가? 열렬한 바람은 때로 사람들의 비웃음을 살 수 있다. 그 바람이 당신이며 그 바람대로 당신이 움직인다는 것을 기억하라.

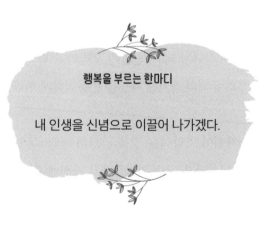

행복을 부르는 한마디

내 인생을 신념으로 이끌어 나가겠다.

가끔 마음 비우기

어떤 견해도 갖지 않는 것보다
마음의 평화에 더 좋은 것은 없다.

Nothing is more conductive to peace of mind than not
having any opinions at all.

- 게오르크 크리스토프 리히텐베르크Georg Christoph Lichtenberg

똑 부러지는 의견이 시원하고 명쾌하다. 그렇다고 매사에 그렇게 하면 다른 사람들과 충돌하기 쉽다. 아무리 가까운 사이일지라도 생각이 늘 같을 수는 없기 때문이다. 가깝다는 것은 그만큼 정서적으로 의지한다는 말인데 그런 사이에서 갈등이 깊어지면 실망이 더 큰 법이다.

'다른 사람은 몰라도 네가 내 생각을 몰라주다니….'

'너만큼은 나를 이해해줄 줄 알았는데….'

본래 무관심한 사이에서야 의견이 무시당하든 말든 그러려니 하고 그다지 신경 쓰지 않는다. 그러나 가까운 사이는 다르다. 가까우면 가까울수록 한번 갈등이 일면 그 후 서로 작은 몸짓 하나하나에도 무척 신경이 쓰인다. 하물며 그 갈등이 깊어지면 얼마나 불편하겠는가. 서로 정이 깊기에 딱히 어떤 설명이 없어도 그냥 공감해 주리라 기대했던 것이다. 이런 사이일수록 되도록 처음부터 이해관계에 얽히지 않는 것이 좋다 그 대신 취미나 소일거리 등으로 삶을 나누도록 해야 한다.

그래도 갈등이 심해지면 어떻게 해야 할까? 두 가지 방식으로 해소할 수 있다.

첫째, 어떤 일에 대해 의견 차이가 계속될 때, 그 의견이 일을 망치려는 것이 아닌 한 그만큼 그 일에 관심이 많기 때문이라고 보아야 한다. 관심이 없으면 의견도 없다. 관심이 있으니 적극적으로 자기 의견을 내놓는 것이다. 단지 그중에 객관성도 없이 자기 상상에 근거한 의견도 분명히 있다. 그런데도 끝까지 주장하는 바람에 마지못해 그대로 따랐다가 나중에 후회하는 일들이 있다. 이런 실수를 반복하지 않으려면 의견과 자존심을 분리해야 한다. 의견은 어디까지나 하나의 견해이다. 견해는 그 상황에서의 관점으로, 관점은 시각과 여건에 따라 얼마든지 달라질 수 있다. 내 관점이 곧 나는 아니다. 따라서 한때 의견이 인정되지 않았다 해서 자존감까지 무시당했다고 느낄 필요는 없다.

둘째, 아무리 노력해도 의견 차이가 좁혀지지 않으면 이렇게 해보라. 서로 의견을 바꿔서 주장해 본다. 즉 내 의견을 네 의견으로, 네 의견을 내 의견으로 바꿔놓고 의 논해 본다. 자기 소신 대신 상대 의견을 주장해 본다는 것이 처음에는 어색할 수도 있다. 그러나 자꾸 반복하다 보면 상호 의견 교체 과정에서 잠깐이지만 자기 의견을 내려놓는 무심의 경지라는 희열을 경험할 수 있다.

다시 말하지만 누구와 어떤 일을 하든 견해 차이가 있 을 수밖에 없다. 분명한 것은 견해 차이 자체가 갈등은 아니라는 것이다. 그 차이를 어떻게 풀어 가느냐에 따라 갈등이냐, 신뢰냐로 나뉜다. 잘 풀어가면 비 온 뒤에 땅 이 굳는다고 견해 차이로 서로를 더 깊이 이해하고 좋아 하는 촉매제가 되지만 서로 내 의견만 옳다고 우기기만 한다면 견해 차이가 곧 불신으로 전환된다.

사람이 목석이 아닌 한 각자 의견이 있다. 의견 차이를 서로 자연스럽게 받아들이고, 각자 내 의견이 곧 내 존재 자체는 아니라는 점을 늘 명심해야 한다. 그러면 내 의견의 수용 여부와 관계없이 평정심을 유지할 수 있다. 내가 잠시 선호한 하나의 의견을 곧 내 자존심인 양 내세우며 그대로 되어야 한다고 고집부리기 시작하면 평정심이 바람에 이는 물결처럼 흔들린다.

어떤 생각이 고정되는 심리 과정을 보자. 우리 관점은 외부 자극을 인지하면서 생겨난다. 그렇게 생긴 관점에서 의견이 나오고 의견이 굳으면 억견, 즉 편견이 된다. 억견은 다시 외부 자극을 인지할 때 보고 싶은 것만 선택하는 인지편향으로 작용하면서 원래 자극과 상관없이 더한층 강화된 억견을 갖는다. 그처럼 하나의 편견이 공고해질 때 감정도 개입된다. 내 편견과 함께 뒤엉킨 감정을 빼내는 것이 편견을 최소화하고 마음의 평화를 되찾는 최고의 처방이다. 그래야만 세상 모든 것을 편견 없이 물끄러미 바라볼 수 있다. 가끔 모든 의견을 내려놓아 보자. 그제야 마음의 평화가 무엇인지 알게 된다. 아무리 똑 부러지는 사람도 늘 그럴 수는 없지만 다섯 번이라면 한두 번은 자기 의견을 굽힐 줄도 알아야 한다.

행복을 부르는 한마디

가끔 모든 것에 대해 내 의견을 내려놓고
물끄러미 바라보라.

아낌없이 나누어주기

주는 자가 받는 자보다 복되도다.

It is more blessed to give than to receive.

- 예수Jesus

물질의 풍요 속에서 사는 우리는 그 어느 때보다 많은
것을 소유하고 있다. 인간은 풍요롭고 윤택한 삶을 살
면서도 점점 더 탐욕적이고 마음의 자유를 누리지 못하
고 있다.

　이에 대해 리처드 휘스트는《자유와 단순한 삶》이라
는 책에서 다음과 같이 말했다.

　"현대인은 정말 많은 것을 소유하고 있지만, 소유하면
소유할수록 자유를 잃어버린다."

　지금 우리가 소유하고 있는 것들은 단지 생존을 위한
소유가 아니라 자기 과시의 소유이며, 이것은 더 많은 소외를 낳고 양자의 격차가 벌어진 만큼 갈등의 골은 더욱 더 깊어진다.

현대 사회의 갈등을 치유하는 적절한 방법은 내게 필요한 것, 참으로 생존에 필요한 것들을 제외하고 과감하게 공공의 영역으로 다시 돌려놓는 것이다.

정보의 홍수에서 항상 새로운 제품이 쏟아지고 새로운 사고의 전환이 필요한 지금은 더욱더 잘 버리고, 잘 내놓을 줄 아는 것이 미덕이다.

세상의 모든 것이 한 번 소유했다고 해서 영원히 내 소유가 아니므로 적당한 때 적절하게 버릴 줄 아는 사람이 정신적으로나 육체적으로 건강과 만족을 누린다.

무엇이 영원한가? 재산도, 아내도, 친구도, 그 어떤 것도 영원한 것은 없다. 버리지 않으려고 해도 버리지 않을 수 없는 것은 아무것도 없다는 말이다. 불행은 집착의 정도와 비례하고 행복은 버림의 능숙함과 비례한다.

꿈이 달성된 다음에는 단호히 버려라. 그것만이 꿈을 달성한 다음 파멸에 이르지 않는 유일한 길이다. 꿈을 이룬 다음에 더 초라해지고 비참해지는 사람이 많다. 그것은 꿈을 이룬 다음 그것으로 만족하고 즐기지 못하고 '조금만 더'라는 생각으로 자신을 충동질하고 계속 전진만 외침으로써 추락하게 되기 때문이다.

성취한 꿈이 계속 감미로우려면 버릴 줄 알아야 한다. 꿈과 그 성취에 끝까지 집착하는 것은 탐욕이다. 그것은 파멸을 불러와 이전보다 더 불행해질 수 있다. 버린다는 것은 꿈이나 비전을 갖지 말라는 것이 아니다. 그리고 증오하는 마음과 배타적 소유의 마음을 갖지 마라. 배타적 소유욕이 강할수록 증오는 더욱더 타오른다. 삶의 찌꺼기인 증오, 복수 등 과거에 박힌 화살을 깨끗이 빼버리고 오늘을 사는 것이 행복한 삶이다.

욕심은 적당한 선에서 버릴 줄 모르면 끝이 없다. 어떤 사람이 복권을 두 장 샀는데 그중 한 장이 고액에 당첨되었다. 그렇게 큰 행운을 거머쥐고도 웃지 않고 인상을 쓰자 친구들이 이상하게 여겨 그 이유를 물었다.

"왜 그래?"

복권에 당첨된 사람은 얼굴을 찌푸리며 이렇게 말했다.

"에이, 한 장은 괜히 사서 돈만 버렸네."

버림의 묘미를 알면 누구나 쉽게 버릴 수 있다. 자유 중 최고의 자유는 버릴 줄 아는 자유이다. 버린다는 것은 놓아버리는 것이다. 그토록 집착하던 그 무엇을 내 마음의 손을 펴고 흘려보내는 것이다. 그러므로 버림은 놓는 것이요, 주는 것이다. 내가 마음대로 사용할 권한이 있지만 다른 사람에게 아낌없이 주는 것을 말한다.

무엇인가를 내버리면 마음이 편안할 텐데 그게 잘 안 되는 사람들은 이렇게 해보자. 편안한 자세로 앉은 뒤 눈을 감고 아직도 못 놓고 있는 그것이 무엇인지 생각해보라. 마음의 손을 놓아버리고 손가락을 쭉 펴는 상상을 하라. 나중에는 자기 마음을 조절할 수 있게 된다.

당신이 배를 타고 유유히 강을 건너갈 때 빈 배가 옆에 와서 부딪친다면 그냥 지나칠 것이다. 설사 성질이 고약한 사람일지라도 화를 내지 않을 것이다. 그것은 자기 배와 부딪친 배는 빈 배이기 때문이다. 그러나 그 배 안에 사람이 타고 있다면 그 사람에게 얼른 피하라고 소리를 지르다가 그래도 다가오면 욕을 하며 화낼 것이다.

세상이라는 강을 건너는 자신을 빈 배처럼 만들 수 있다면 아무도 나와 맞서려 하지 않을 테고 아무도 나에게 상처를 입히지 않을 것이다.

무엇을 성취하면 반드시 그것을 잘 버려보라. 그것이 참행복으로 가는 지름길이다. 당신을 빈 배로 만들어라. 그리고 삶의 강줄기를 즐겁게 유유히 건너가라.

행복을 부르는 한마디

나는 오늘 무엇을 나누어줄까?
건강, 물질, 지식, 지혜, 사랑!

있는 그대로 만족하기

태도가 만족을 결정한다.

Attitude determines satisfaction.

- 석산石山

인류의 정신세계를 다스려 온 고대의 경전이나 선인들의 가르침은 종파가 나뉘고 학파가 나뉜다. 그러나 모든 선각자의 가르침 중 정확하게 일치하는 것이 하나 있다. 그것은 언제나 지금의 삶을 누리며 만족하는 삶을 사는 속에 행복이 있다는 것이다.

　불교 경전《수타니파타》에는 이러한 구절이 있다.
　"묶여 있지 않은 사슴이 숲속에서 이곳저곳 먹이를 찾아다니듯 지혜로운 이여, 독립과 자유를 찾아 무소의 뿔처럼 혼자 가라."

"서로 다투는 철학을 초월하여 깨달음의 도를 얻은 사람은 나는 지혜를 얻었으니 더는 남의 지도를 받을 필요가 없다고 자신에게 일러주며 무소의 뿔처럼 혼자 가라."

"탐내지 말고 속이지 말고 갈망하지도 말고 남의 덕을 가리지도 말라. 세상의 온갖 집착에서 벗어나 미혹과 혼탁을 버리고 무소의 뿔처럼 혼자 가라."

《수타니파타》에서 만족은 모든 욕망과 집착, 애착에서 벗어나는 것을 말한다. 모든 의존적 정서를 내버리고 무소처럼 혼자 갈 때 만족이 있다. 더 나아가 어떤 가르침에도 휘둘리지 말고 초연해야 한다.

인도의 경전 《바가바트》에는 이러한 구절이 있다.

"행위의 결과에 집착하지 않는다면 행위에도 영향을 받지 않는다."

"지혜로운 사람은 여건에 상관없이 항상 만족한다."

노력하는 행위 자체를 감사하게 여기고 노력 자체를 하나의 기회로 생각하라는 가르침이다. 노력한 결과에 상관없이 노력하는 과정만으로도 새로운 세계를 경험할 수 있으며 행운을 잡았다고 여긴다. 어떤 일이든 시도하기를 부끄러워하거나 주저하지 않는다.

"옳고 그름에서 벗어난 사람은 완전한 포기를 이룬 사람이며 모든 욕망에서 자유롭다."

이것은 자기 자신이나 다른 사람이 서로 죄의식에 빠지지 않도록 하라는 뜻이다. 죄의식은 우리를 과거 어느 시점의 문제에 고정하게 해서 매우 퇴행적인 사람이 되게 한다. 실제로 티베트에는 '후회', '뉘우침'이라는 말은 있으나 죄라는 단어는 없다. 참만족은 과거 문제는 다 잊어버리고 늘 새로운 창조적 삶을 추구할 때 가능하다.

《성경》에는 이러한 구절이 있다.

"내가 비천에 처할 줄도 알고 풍부에 처할 줄도 알아, 배고픔과 풍부와 궁핍과 모든 일에도 자족하는 일체의 비결을 배웠노라."

"내가 부득불 자랑해야 한다면 내가 약한 것을 자랑하리라."

그리스의 철학자 소크라테스Socrates는 제자들, 친구들과 함께 자주 시장에 들렀다. 시장에 간 소크라테스가

상점에 진열된 진귀한 물품들, 가득 쌓인 물건들을 매우 감탄하는 시선으로 쳐다보자 친구들이 물었다.

"왜 그렇게 부러운 눈으로 상품을 쳐다보는가?"

"내가 시장에 이렇게 즐겨오는 것은 저렇게 많은 물건이 없이도 나는 얼마나 행복한지를 다시금 발견하러 오는 것이라네."

우리는 현재에 만족하는 삶을 살아야 한다. 사람은 행위의 결과에 연연하지 않으면 지금에 만족할 수 있다. 빈부와 멸시 속에서도 자족할 줄 알고, 풍요로움에 빠지지 않고도 행복을 누리는 삶이 아름답다.

행복을 부르는 한마디

혐오감과 탐욕을 버리고
무소의 뿔처럼 혼자 가겠다.

깊이 몰입하기

가장 하기 어려운 일은 아무 일도 안 하는 것이다.

The hardest work is to go idle.

- 유대인 속담 Jewish Proverb

무엇인가에 몰입할 때는 현실도, 시름도 다 잊어버린다. 몰입은 일종의 정신적 휴식이며 피난처이다. 무엇인가에 깊이 몰입할 때 늘 머릿속에 맴돌던 일상의 번잡함을 잊어버리는 일종의 최면, 즉 트랜스^{trance} 상태를 경험한다.

　트랜스 상태에 들어가는 것은 특이한 일이 아니며 일상에서 누구나 겪을 수 있는 것이다. 어느 한 가지에 열중하면 황홀한 무아지경에 빠질 수 있다.

　우리는 알게 모르게 마음을 휴식하려고 할 때 두 종류

의 트랜스를 경험한다. 하나는 도박이나 마라톤, 격렬한 비트 음악이나 하드 록 등 한 가지에 집중적으로 흥분하여 이성의 활동을 쉬게 하는 긴장성 트랜스이다. 다른 하나는 클래식 음악이나 묵상, 명상, 낚시, 자기 최면 등으로 휴식을 취하는 이완성 트랜스가 있다.

긴장성 트랜스도 우리에게 필요하지만, 과도하면 꼭 그 과정에서만 트랜스를 얻는 집착 내지는 강박증이 되기 쉽다.

특정한 행위를 통한 긴장성 트랜스보다 이완성 트랜스로 사고를 가라앉히는 훈련을 하면 자기 마음을 자유자재로 조절하게 된다. 트랜스는 자기 관리, 특히 자신의 심신을 관리하는 데 최고의 방책이다.

다만 기적 트랜스는 매일매일 행복해지는 데 필요하고, 장기적 트랜스는 우리의 성공과 성숙에 매우 요긴하게 작용한다.

트랜스는 단지 마음을 관리하는 데만 그치지 않는다. 우리에게 성공과 부도 가져다준다. 정말 이루고 싶은 목표에 도달하려면 다음 방법을 활용해 보라.

먼저 내 꿈의 청사진을 작성하여 분명하게 종이에 기

록해 보라. '만일 ~가 있었으면'이라는 가정법의 문장이 아니라 '~을 가질 것이다'라고 표현하라. 동기부여 전문가인 나폴레온 힐Napoleon Hill은 가지고 싶은 것들을 적어서 거울이나 냉장고에 붙여두라고 권장한다.

자기 욕구에 몰입되어 살면 우리의 육체와 두뇌의 화학적·물리적 기능들이 그 꿈을 실현하려고 움직인다. 누군가를 닮고 싶고 누군가처럼 되고 싶다면 그 사람에 관한 책을 읽고 그 사람 사진을 책상이나 수첩에 붙여놓자. 그렇게 강력히 소망하다 보면 어느 순간 그의 삶과 유사한 궤적을 그리는 자신을 발견하게 될 것이다.

행복을 부르는 한마디

나는 내가 몰입할 수 있는 것을 적어
꼭 이루겠다.

자주 멈춰 서기

네 잔을 비워라. 가득한 잔은 더 담을 수 없다.

Empty your cup. A full cup can't accept anything
more.

- 로빈 샤르마 Robin Sharma

해 아래 영원한 것은 없다. 만일 영원한 것이 있다면 무슨 수단을 써서라도 그것을 잡아야 한다. 우리는 같은 물에 두 번 들어갈 수 없다.

우리의 외적인 모든 것은 다 변한다. 물론 나도 변한다. 우리 기분이 얼마나 변덕스러운지 알려면 거울을 보고 1분만 연습해 보면 바로 알 수 있다.

거울 속에 비친 모습을 보고 얼굴을 찡그리면 금방 긴장되다가 다시 얼굴 근육을 풀고 웃으면 기분이 고양됨을 느낄 수 있다. 따라서 기분이 너무 고양되어 있거나 억압되어 있을 때는 중요한 결정은 뒤로 미뤄야 한다.

기분은 내가 아니다. 기분은 내가 아니므로 쉽게 변한다. 기분이 내가 아님을 알고 기분에 휩싸여 동요하기를 멈춰 설 때야 참나를 즐길 수 있다. 이 멈춤의 행위를 정관靜觀이라고 말한다.

자주, 아주 자주 멈춰 서면 기분에 좌우되지 않고 냉정함을 유지할 수 있다. 정관은 일종의 초월이다. 따라서 정관은 나 자신을 포함해 주변 모든 사람과 사물의 현재 모습 그대로를 인정하고 지금 그대로 존재하는 것에 대한 자유를 허용한다. 즉, 내 고집이나 내 주장을 강요하지 않는다.

우리는 보장된 미래를 위해 현재를 희생해도 된다고 교육받아 왔다. 나와 가족, 친구, 심지어 애인까지 모두 미래를 위해 지금 모습과는 달라야 한다고 강요한다. 그러기에 우리는 타인의 고통으로 태어나고 자기의 고뇌로 죽는다.

과거에 집중하다 보면 고정관념의 노예가 될 것이요, 미래에만 주의를 집중하면 그 미래를 성취해 가는 현재를 즐기지 못한다. 미래를 대비하는 제일 귀한 보험은 곧 순간을 즐기면서 사는 것이다.

바삐 가던 길을 문득문득 멈춰 서서 관심을 오로지 현재에 쏟고 현재의 모든 상황과 사건을 그대로 받아들이며 즐겨라. 그리고 나를 괴롭히는 문제는 무엇인지 자문하라. 그 문제도 해석하기 나름이다. 모래알이 조갯살을 뚫고 들어가야 진주를 잉태하듯이 문제는 기회의 씨앗이다. 문제는 새로운 창조를 향한 황금의 기회이다.

자기가 싫어지고 좌절이 엄습할 때면 멈춰 서서 이 순간부터 다시 자기 삶을 즐기기 시작하라.

또한 현재에 멈춰 서서 자아를 정관하는 사람들은 불확실함조차 즐긴다. 자유는 불확실 속에 있으며 무저항의 오솔길에 있다. 모든 것이 곧고 바르며 확실할 때는 오로지 정답 하나밖에 없지만, 불확실할 때는 수많은 다양한 해답이 존재한다.

바닷가에 태풍이 몰아칠 때 곧게 선 나무들은 모두 부러지지만 바람결 따라 흔들리는 갈대는 유연해서 살아남는다.

가끔 내 삶이 실타래처럼 엉켜서 탈출구가 보이지 않을 때는 그대로 멈춰 서서 혹시 내가 한 가지 관점만 고집하지 않았는지를 돌아보고 다른 해결책이 얼마든지 있음을 받아들여라. 지속적이며 충만한 행복을 누리려면 불확실을 내 생활의 영양소로 받아들여야 한다. 어려움이 클수록 그 어려움을 풀기 위해 일일이 따지고 복잡하게 계산하기보다는 그 어려운 일에서 몇 걸음 물러나 전체를 보는 자세가 필요하다. 상황에 집착하면 할수록 그 현실은 더욱 견고한 성처럼 보일 뿐이다.

이탈리아의 탐험가 크리스토퍼 콜럼버스^{Christopher Columbus}가 신대륙을 발견하고 돌아왔을 때 정치인들이 그게 무슨 대단한 일이냐고 하자 콜럼버스가 달걀 세우기를 제안한다. 콜럼버스를 비웃던 사람들이 타원형 달걀을 아무리 세우려 해도 세우지 못하자 콜럼버스는 그것을 깨뜨려 세운다.

이처럼 해답은 우리 지식에서 나오지 않고 지혜에서 나온다. 정답은 기억에서 도출되나 새로운 해답은 신선한 시각에서 나온다.

신선한 시각은 주어진 상황에 집중하던 에너지를 본래 자리로 돌려보내면서 생겨날 것이다. 무슨 일을 이루려고 내 안의 에너지를 다 동원해 집중하여 달려가다가 멈춰 서서 그 에너지를 탁 풀어놓아 보라. 비로소 모든 가능성의 세계가 열리며 다양한 선택의 기쁨을 맛보게 될 것이다.

행복을 부르는 한마디

신이 마침표를 찍기 전에는
언제나 쉼표만 있다는 것을 기억하자!

마치는 글

　비 오는 날의 고즈넉한 사찰 풍경, 대나무 잎을 스치며
부는 바람에 흔들리는 풍경소리. 그러한 말들을 듣기만
해도 마음이 고요한 평정을 찾는 것을 보면 서양의 사상
과 정치를 지배해 온 기독교의 목사이지만 내 유전자 속
에는 한국인의 오랜 전통 종교인 불심이 숨어 있나 봅니
다. 사월초파일, 부처님 오신 날을 앞두고 강화에 있는
전등사를 찾게 되었죠.
　전등사를 찾던 날 마침 비가 내렸습니다. 그렇지 않아
도 짙푸른 숲에 잠긴 전등사 경내는 내리는 비가 광택제
가 되었는지 절을 둘러싼 정족산과 절 내의 수많은 나무

가 눈부시게 원색의 초록색 바다가 되어 있었습니다.

정족산 자락에 있는 계성 주지스님의 방에 천주교 신자인 강화 모 병원 원장과 삼랑성 축제 위원회 국장, 종교가 없는 사진작가 이렇게 몇 사람이 함께 앉아 방의 모든 문을 열어놓고 빗소리를 타고 올라오는 그 모든 생명의 어머니인 흙냄새를 맡으며 참 오랫동안 서로 마음을 열었습니다.

동서양의 만남이라면 너무 거창한가요? 하여튼 불교계에 지인이 없는 나로서는 처음에 서먹하기도 했으나 스님이 연이어 부어 주는 차를 마시며 조금도 어색함 없이 사색의 공감 지대를 함께 거니는 그립고 오랜 벗들의 만남처럼 느껴졌습니다.

자연스레 우리 화두는 행복에 집중했습니다. 우리는 허상을 좇는 일이 인류를 불행하게 한다는 얘기를 나누었으며 불교든 기독교든 어느 종교나 인간이 종교를 위해 있는 게 아니고 종교가 인간의 행복을 위해 있다고 했습니다.

과학이 발전하고 자본이 풍부해지고 지식이 더 많아지

면 우리는 당연히 행복할 줄 알았습니다. "하루하루 먹고살 양식 걱정할 때가 제일 행복하다"라는 옛 어른들의 말씀처럼 문명의 발전과 함께 한곳에 정착하지 못하고 떠돌아다니는 우리는 오히려 옛사람들보다 고뇌 거리가 더 많아졌습니다.

각양각색으로 미래를 예측하는 미래학에서 딱 한 가지 공통으로 예측하는 것이 있다면 앞으로는 우울증세가 더 심해질 것이라는 점입니다.

당연한 귀결이지요. 문명의 발전은 더욱더 사람들의 이목을 붙들 것이며 사람들은 자기 내면의 소리에 귀를 기울이기보다 외부에서 들려오는 차가운 금속성의 첨단 기술문명에서 행복을 찾으려 하기 때문입니다.

행복은 외부 여건과는 전혀 관계없는 인간의 본래 권리입니다. 이는 "배가 물에 떠 있어도 배 안으로 물이 들어오지 못하게 하듯이, 세상에 사람이 살지만 세상이 사람 속에 들어오지 못하게 하라"라는 고대 동양 어느 현자의 가르침과 일맥상통합니다.

만일 인류에게 운명이 있다면 인간은 누구나 다 행복

할 운명으로 태어났습니다. 만일 역사에 신의 섭리라는 게 있다면 그것은 유일하게 인간의 행복을 위한 섭리뿐입니다. 우리는 행복의 권리를 늘 주장하며 살아야 합니다. 생명의 핵심에 들어 있는 행복 이외의 것은 영구적인 것이 아닌 임시적이요, 실체가 아닌 그림자일 뿐입니다.

이 책은 저와 주변의 여러 사람의 불행을 치료하는 경험에서 나왔습니다. 저 역시 가끔 제 안의 행복을 앗아가려는 여러 말과 글을 보면 반드시 이 글을 읽으며 마음을 다독입니다. 그러면 편안해지고 행복해집니다.

강화도 전등사의 청정한 이파리를 우린 물을 담은 찻잔이 놓여 있던 다과상의 보자기에 적혀 있던 글로 인사를 대신하겠습니다.

"꽃이 진다고 바람을 탓하랴.
한 잎 주워 찻잔에 띄우면 그만이지."

있는 그대로 나를 바라보기

펴낸날 초판 1쇄 발행 2025년 2월 14일

지은이 이동연
펴낸이 최훈일

펴낸곳 시간과공간사
출판등록 제2015-000085호(2009년 11월 27일)
주소 (10594) 경기도 고양시 덕양구 통일로 140 삼송테크노밸리 A동 351호
전화 (02) 325-8144
팩스 (02) 325-8143
이메일 pyongdan@daum.net

ISBN 979-11-90818-34-6 (03810)